见证非凡

河北省城镇面貌三年大变样媒体实录

河北省城镇面貌三年大变样工作领导小组
河北省新闻出版局　主编

河北出版传媒集团公司
河北人民出版社

序

　　三年，弹指一挥间。2008-2010年却是河北省改革发展中极不平凡的三年。为了加快经济结构调整，提升城市综合竞争力，省委、省政府作出城镇面貌三年大变样的决策，引领河北城镇化驶入快车道。

　　三年来，各地各部门深刻把握城市现代化建设内涵和实质，从实践突破到思想突围，从建设城市到经营产业，从完善功能到彰显魅力，使城镇面貌三年大变样成为推动科学发展、富民强省的生动实践。在这一历史进程中，各地在实践中不断统一思想认识，靠解放思想打开了推动工作的"总阀门"，靠改革创新找到了破解发展难题的"金钥匙"，形成了抓城镇化就是抓发展机遇的广泛共识，凝聚了推进城市现代化的强大合力。通过三年努力，河北的城市环境质量明显改善，承载能力显著提高，居住条件大为改观，现代魅力初步显现，管理水平大幅提升，城镇化释放出促进经济社会发展的巨大潜能，形成了以工促农、以城带乡的良好态势。

　　在这一历史进程中，新闻媒体以强烈的社会责任感，关注、支持和宣传城镇面貌三年大变样，在凝聚共识、营造氛围中发挥了重要作用。中央和省内各新闻媒体围绕城市规划新理念、城市产业新支撑、城市管理新机制、城市面貌新特色、市民素质新提高，采用专版、专题、专访等多种形式，宣传城镇面貌三年大变样的成就，宣传城市每一步发展变化。广大新闻工作者坚持贴近实际、贴近生活、贴近群众，及时反映社会各界和广大群众的建议和呼声，在规划设计攻坚、两场（厂）建设攻坚、保障性安居工程、城市容貌整治和景观建设、城市规划建设博览会等工作中，及时报道和真实记录了我们走过的每一个过程。"润物细无声"，各新闻媒体的大范围、多视角、高强度的宣传，在政府和群众之间架起了沟通联系的桥梁，让广大人民群众和社会各界看到了城市发展的美好前景，更加自觉地支持和参与到城市的建设改造中来，这种力量和作用是不可替代的。

本书从《人民日报》、《河北日报》等媒体精选了部分稿件，我们期待能够以此作为河北城镇面貌三年大变样的历史纪实，也为今后的进取起到借鉴作用。

河北省人民政府副省长 宋恩华

2011年8月26日

目 录

河北，新起点上再出发

——加快经济发展方式转变调研行

《人民日报》赴河北采访组

61年前，中国共产党从这里启程，意气风发到北京"赶考"。

61年来，这里为国家富强、首都平安作出了不可替代的贡献。

这里就是河北，燕赵故地，三冀沃野，内环京津，面朝大海。

时间坐标轴上，河北省已迈进发展方式转变的大时代。人均生产总值达到3500美元，已经进入工业化中期。这个时期，是推动经济转型最重要的时期，是经济结构变化最活跃的时期，是发展方式转变最关键的时期。这个时期，产业结构调整进入加速期，资源要素制约进入瓶颈期。河北转型，已成必然。

空间坐标系里，河北省已置身发展方式转变的大格局。经过国际金融危机的洗礼，一场世界范围内的经济转变正在进行；环视国内，兄弟省市争先调结构、促转变。作为过度依赖资源禀赋、结构性矛盾又非常突出的省份，河北只能奋起直追。百舸争流，不进则退。

河北已经启程。

认清优势，走出发展困境

改变一"钢"独大，理清"转"的次序

不同的历史时期有不同的历史重任，不同的发展阶段有不同的发展命题。借由计划经济向市场经济转变，河北实现了从温饱不足到总体小康的历史跨越。而今，破除经济结构不合理、城乡结构不合理的瓶颈制约，转变发展方式，增强科技创新能力和区域发展竞争力，是河北省最重要、最紧迫的发展命题。这是河北人基于世情、国情、省情作出的重大判断。

过去10年，河北交出了一份优秀的成绩单：钢铁10年产量增了10倍，增加值占规模以上工业的1/3；GDP总量跻身全国前6位；多项工业产值位居全国前列……

然而，在为辉煌成就自豪的同时，河北也越来越感到后继乏力、后劲不足。

长期以来，河北深受传统发展方式之累，一"钢"独大，原材料工业、资源型产业、重化工业占比过大，单位GDP能耗高于全国平均水平，环境不堪重负，资源难以为继，发展不可持续。高投入低产出、高消耗低收益、高速度低质量的路已经步入死胡同。如果不加快转变，河北"不仅难以实现远期的科学发展，而且即期的平稳较快发展也无法保证"。

2009年，河北省区域创新能力在全国排第十九位，新经济实力居全国第十八位。如果不加快转变发展方式，不更多地依靠技术创新和管理创新，已然存在的差距将不可避免地进一步拉大，河北会被甩得更远。

在最困难的2009年，河北省实现生产总值增长10%。今年经济形势好转，按说，增长目标应该比去年高些。不过，河北今年预期目标9%！没有把目标定得过高，就是为了引导各地不要盲目追求速度，而要拿出更多的精力调结构、促转变、提质增效。这是河北不得不作出的抉择！

河北肩负重担！继珠三角、长三角之后，正在崛起的京津冀经济圈成为中国经济增长的"第三极"。历史把京津冀经济圈推向全国经济发展的前沿，作为京津冀经济圈的一极，意味着河北省必须在全国的科学发展中发挥示范作用。加快转变，已经不只是关系河北未来的必然选择，更有关乎全国科学发展的重大意义。

坐拥优势，内环京津，河北紧邻这两个具有高水平科研能力和较高消费水平群体的城市；外环渤海，曹妃甸是中国的"鹿特丹"，天然深水良港；秦皇岛、唐山、沧州三市面海，487公里海岸线后发优势明显。

7月盛夏，河北省委理论中心组在北戴河的集体学习也似天气般"热烈"。专家授课、地市交流、厅局发言、主要领导点评。一周下来，"调结构、促创新、优环境"的理念更加清晰和执著。我们采访组一行在这里看到，河北的领导干部们面对发展难题，有一种"赶考"前的紧迫感、使命感；谈到眼下的结构调整，有一股潮水般奔涌的新思路、新理念。

"河北已经到了不调整经济结构、不转变发展方式，就不可能实现可持续发展的时候了！"省委书记张云川面朝大海，向参加北戴河学习的领导们慷慨发问，"现在需要我们思考的是，今后5年或10年，路该怎么走？还能沿袭以往过多依赖能源资源消耗、过多依赖产量的扩张和企业规模扩张、过多依赖低成本生产要素维持的发展模式吗？显然是不可能的。"

"责任和使命激励着我们，困难和挑战考验着我们。"省长陈全国激情满怀，"我们必须保持开拓创新的旺盛斗志，抓住机遇，乘势而上。"

河北转变经济发展方式的逻辑次序是这样的：以调整优化经济结构为核心，通过产业结构调整，带动经济结构全方位调整优化，通过加快推进城镇化，带动城乡矛盾的加快解决；以提高科技创新能力为突破口，带动产业竞争力提升，减少能耗，降低排放，使产业走向高端化和品牌化；充分利用环京津优势和环渤海优势，扩大引资规模，提高引资质量，瞄准国际市场，优化出口产品结构。

历史长河缓缓流淌，一个小小的转弯，往往需要巨大的努力。只有认清"转"的意义，理清"转"的次序，才会更自觉、更主动地去推进。今天的河北，加快转变的进程正如潮汐般在燕赵大地澎湃汹涌。

壮士断腕，淘汰落后产能
不摘"黑帽子"，就摘"官帽子"

钢铁是河北的名片。河北的钢铁产量全国第一，占据1/5的"江山"。

◎ 绿色石家庄

河北人对钢铁"爱恨交加"。爱的是，钢铁这个现代工业不可或缺的"脊梁"，也是河北的"脊梁"，作出了不应被忘却的巨大贡献；恨的是，钢铁产业对资源能源的高度依赖，对生态环境的极大损害。

有两个数据令河北如坐针毡：同是世界500强，河北钢铁集团的钢产量是德国蒂森克虏伯的两倍，但营业收入却不到其1/3；同是钢企，河北钢铁的吨钢利润仅为上海宝钢的一半！卖得多，消耗大，挣得却少。

处境尴尬的产业不独钢铁一个，还有水泥、煤炭、玻璃、印染……

淘汰落后产能，是产业结构调整的重要内容，是河北必做的"减法"题。中央有要求，人民有呼声。不"减"是自绝生路；"减"好了，海阔天空。

在调研采访中，记者了解到，今年河北要淘汰落后炼铁产能1240万吨、炼钢产能200万吨、水泥产能1260万吨、平板玻璃产能464万重量箱。无论在钢铁厂、水泥厂，记者听到的都是一种声音：要以壮士断腕的决心和勇气，坚决淘汰落后产能。

"5、4、3、2、1，起爆！"随着一声令下，鹿泉市长城建材有限公司一座年产10万吨水泥的生产线瞬间被夷为平地。爆破声，这两年在鹿泉频频响起！市内72座水泥机立窑全部拆除，污染严重的小水泥生产线一一"谢幕"。

不执著就没有执行。河北不要空谈，要的是实效。

质疑、干扰的声音不曾消失过，"仍有利润"是根子，谁愿舍弃？质疑者只算经济账，不算环境账；只看眼前，不顾长远。何况，国际金融危机的阴霾还提供了一个"看上去很美"的理由：淘汰落后产能是否会迟滞经济复苏和发展的脚步？

保增长，环境保护的硬杠杠不能软，淘汰落后的紧箍咒不能松。河北省决策层认为，河北在金融危机中遇到的困难，是长期积累的产业结构不合理、企业创新能力弱造成的，落后产能恰恰是现实困难的催化剂。

决不能通过保护落后应对危机，必须以淘汰落后为抓手，实施倒逼机制，逼出技术创新，挤出产业升级。河北省在做"减法"时寻找到新的增长点。

鹿泉市的水泥机立窑拆除了，取而代之的是8条新型干法水泥生产线。在一家远离城区的水泥公司，记者看到，洁净的厂区、封闭的生产线，用余热发电照明的路灯，都是技术革新带来的喜人变化，水泥产业并不天然地与灰尘、黑烟和废气"亲密无间"。鹿泉，这个因"射鹿获泉"而闻名于外的县级市，抛弃小水泥，舍弃百强县，换来山青水绿、天蓝气爽。

抓淘汰，促搬迁，优化布局，这样的场景，正在燕赵大地处处上演，污染企业盘踞中心城区的时代步步远去。腾出的土地，大多地处黄金地段，或改造成绿地，或用以发展现代服务业等新产业；腾出的市场，由技术含量高、环境污染小的先进产能来填充。一子落定，满盘皆活。

有一组数据能直观地反映河北省在淘汰落后产能、节能减排上的拼力而为：2009年，河北省生产总值增长10%。与此同时，化学需氧量削减率列全国第二位，二氧化硫排放削减量提前一年半达到"十一五"目标。全年单位生产总值能耗下降5%以上。

一增一减，让燕赵儿女欣喜万分、自豪不已。

节能减排不能停留在口头上，必须有硬指标，有贯彻落实硬指标的硬措施。"双三十"节能减排示范工程就是这样的"硬措施"：河北省对超过全省污染负荷50%的30个县（市）以及30家国有大中型企业，实施节能减排省级考核，3年内摘不掉"黑帽子"，就摘掉"官帽子"。

节能减排，拒绝理由！系列政策措施陆续出台：省人大代表每年像审议省政府工作报告一样审议"双三十"节能减排工作；省政府每季度调度进展情况，强化刚性约束。

从2007年被国务院通报整改的七个省份之一，到2008年成为全国七个超额完成节能减排任务的省份之一，河北省使尽浑身解数。令河北人高兴的是，拼搏后的"果实"，很甜。

坚定不移，加快城镇化进程
一年一大步，三年大变样

河北的城镇面貌，正经历着一场规模空前的巨变。

2008年，河北省提出"三年大变样"战略规划，三年建设，三年发展，一年一大步，三年大变样。

并沟岭隧道进口右线

◎ 青兰高速公路建设者

城镇化，是扩大内需和调整经济结构的重要抓手。多年来，河北"城乡分割"的二元结构，是转变发展方式不得不医的痼疾。河北省期望通过这个抓手，"抓"来经济结构的良性变化。

"三年大变样"实施两年来，河北确实变了样。外地去的人惊讶：这是河北吗？这还是那个省城像县城、县城如乡镇的河北吗？河北的百姓不管这些，惊讶已是两年前的事了，现在有的只是惊喜：原来，城市真的可以让生活更美好！

住房困难的低保户住进了功能齐备的廉租房；普通的城中村村民摇身变成了百万元户；两年前还住在老旧平房的人家，一下子成为拥有多套高档住宅的业主；石家庄市区由东向西以前几十分钟甚至一个多小时的车程，如今十几分钟便可穿越……燕赵大地此起彼伏、令人目不暇接的变化真似"千树万树梨花开"。

数字显示，2008年河北省城区累计拆迁共完成4168.4万平方米，是2007年拆迁总量的12倍。2009年，河北省继续推进拆违拆危，拆迁面积再超上年。大拆，伴随着质疑，但不容否认的是，"三年大变样"的确是因为河北城市化水平低和城市功能差这个最突出的"省情"而提出的战略决策。

拆之猛，令群众惊叹；建之快，让人们振奋！"石家庄速度"便在这种特殊背景下诞生：常规速度需一年半才能竣工的槐安路高架桥工程、裕华路改造工程，仅用4个月完工；原计划18个月完工的和平路高架桥工程，8个月完成……短短几个月，省城面貌焕然一新。

变，自古多豪杰的河北人不怕，怕的是不变。"大变样"凝聚了人心。问卷调查显示，98.79%的社会群众比较了解"三年大变样"的内容。在河北，"三年大变样"是最流行的词汇，认知度超高。

"三年大变样，今年看邯郸"。两年来，邯郸市投资2000多亿元启动了四大新区建设，改造了65片棚户区、36个城中村，开工兴建了30个标志性建筑，实施了31项重大基础设施项目。每天早上，10万邯郸市民汇聚市中心广场纳凉、晨练，嘹亮的红歌声响彻云霄。谁能想象得到，以前这里是一片杂乱和荒凉。走在古都邯郸的大街小巷，连我们采访组中一位河北籍记者，都已认不出这座自己曾经生活过的城市了。邯郸两年里共拆掉1500多万平方米违章、危旧建筑，但却给每棵古树办理了一个"身份证"，谁砍罚谁，概莫能外。这些古树为城市留下清晰的地标，也为古城营造出人与自然和谐的文化生态。

2008年以来，河北省各市累计拆迁危旧平房、违章建筑1.6亿平方米，而累计完成市政基础设施投资1200多亿元，相当于前5年投资的总和。2010年全省实施的城建项目总投资达5296亿元。城市面貌整治一改过去拆拆补补、洗洗刷刷、小打小闹的做法，而是着眼于提升品质，改造功能，大力实施景观环境整治建设。

"三年大变样"，因民生而变，为民生而变。河北省确定的五个方面量化指标中，居首位的是大气和水质的改善，要让百姓呼吸新鲜的空气、喝上放心水。

张云川说：我们既要看到城镇面貌的新变化，更要看到人民群众的新期待，看到城镇改造建设任重道远，我们要一鼓作气、一以贯之地把这项工作抓下去。

需要这么股子劲，因为河北城镇和河北人还需要很多这样的"变"。

"三年大变样"，还"变"出了30多万亩土地，发展工业聚集区、现代服务业有了最宝贵的空间。

河北是工业大省，但不是强省。由大到强的路不平坦，河北省决策层谋划了"工业聚集区"战略，看到了自己的短板，意欲复制成功工业园区的模式，达到企业集中布局、产业集群发展、资源集约利用、功能集合发挥的目的。

"如果昆山的IT业感冒，全球IT业都会打喷嚏。"河北也想这样，这是河北的"企图"。"单个企业'独闯江湖'已经不适应新形势了，现在是'集团作战'的时代了。"陈全国说。

面朝大海，燕赵打开胸怀
创新引路，抢占技术高端

6月11日，南非世界杯开幕，赛场广告牌上的"中国英利"让人好奇。第二天，"中国英利"就成了搜索引擎上的热词。

英利，一夜出名，成为世界杯80年历史上我国唯一的赞助商。

这是一家太阳能光伏企业，如今落址于河北省保定高新技术开发区，发展势头强劲。

　　像这样的高科技企业，河北还有很多。新技术、新能源、新材料、电子信息、生物医药……创新是河北的必由之路。2009年，河北省高新技术产业完成投资856亿元，比上年增长56%；当年全省规模以上高新技术企业实现产值2380亿元，同比增长19%。今年一季度，增长幅度更是高达28.9%。

　　秦唐沧沿海，是河北对外开放的重点；京津冀区域合作，是河北经济崛起的重要一环。中央领导多次到河北考察工作时都强调，要求河北充分发挥区域优势，力争在环渤海地区崛起和首都经济圈发展中有更大作为。如何有更大作为？出路在哪里？

　　出路，在创新。

　　近段时间，河北高新技术产业捷报频传。

　　时速350公里的"中国第一高速"列车在唐山的中国北车基地投入批量生产；国内第一台隧道全断面掘进盾构机在秦皇岛秦冶重工生产车间下线；世界上成本最低、纯度最高的多晶硅材料新硅烷法生产工艺在英利集团六九硅业投入生产；国际上光电转化率最高的薄膜电池在廊坊新奥集团投入规模化生产……

　　形势虽好，但是"全局"仍难让人满意。河北决策层认为，河北经济结构不合理，归根到底是产业行业技术水平低、低端产品多、产品的附加值低，这直接影响经济运行的质量和效益。

　　数字枯燥，但能说明问题。几个数字令河北很尴尬：2009年研发经费支出占全省GDP的0.76%，居全国第二十三位；规模以上工业企业中设立研发机构的仅有4.5%；专利授权不到6000项，占全国的1.56%。河北，是经济大省，也是创新弱省。

　　"U"型线被称为"微笑曲线"。"微笑"的是占据两个高端的产业，河北居于底部，实在笑不出来。

　　"只有夕阳技术，没有夕阳产业。推进科技创新被摆在前所未有的重要位置。"河北省科技厅厅长贾红星说。大工程、大企业带动，引进吸收再创新，编制产业技术路线图，对"标"对出着力点……务实措施密集出台，为的是提升产业技术水平，向"微笑曲线"的两端近些、再近些。

出路，在改革。

河北是改革的受益者，河北的改革渐入"深水区"。

行业产业要改革。冀中能源入主华北制药，港口集团横空出世……在做大做强钢铁集团、煤炭集团的同时，2009年河北省企业兼并重组继续高歌猛进。"调整产业结构，转变发展方式，体现在企业组织结构调整上，就是加大兼并重组力度。"河北省社会科学院院长周文夫说，"小、散、弱"是河北企业的现状，加大企业兼并重组力度，提高产业集中度，这是实现结构优化升级的重要路径。

管理体制要改革。财税、金融、环保、土地、贸易等重点领域的改革亟待继续深化。多年来，河北省财政改革一直走在前列，为人赞许。通过改革，省、市、县财力比重发生很大变化，省级财力占全省财力的比重由2003年的26.5%下降到2008年的17.6%；县级财力则由48%提高到60%多，基层财政袋子鼓了。"'等着吃'会越等越懒，'挣着吃'会越挣越勤，这就是财政体制改革的导向作用。"河北省财政厅厅长齐守印说。

出路，在开放。

开放度有多大，河北的发展空间就应该有多大。

在全国很多人、包括很多河北人的印象中，河北居内陆，河北无海岸。殊不知，河北不但有秦、唐、沧三市487公里长的海岸线，更有曹妃甸这个环渤海湾1000多公里海岸线上少有的天然深水港址。

强化海洋意识，就是强化开放观念。眼下，加大港口建设力度，提升唐山港、黄骅港、秦皇岛港三大港口的规模和能力，完善综合功能，提高吞吐效益，已成为河北今后发展海洋经济的重要任务；推动港口、港区、港城协调联动，逐步形成由秦皇岛、曹妃甸、黄骅三个百万人口港城组成的沿海城市连绵带，是河北打造经济增长新优势的重要依托。

面朝大海，春暖花开。河北可做的"海洋"文章举不胜举，要做的开放工作还有很多很多。

自古燕赵大地，不缺豪迈气概；如今河北儿女，矢志昂扬奋起。

（原载2010年8月6日《人民日报》）

燕赵城市换新颜

——河北省强力推进城镇化建设纪实

王方杰　李增辉

三年，梦想变成现实；

三年，激情化作硕果。

2008年1月，作为一项科学发展、富民强省的重大战略举措，河北省委、省政府在全省开展了城镇面貌三年大变样活动，强力推进城镇化建设。

一场前所未有的城市改造攻坚战由此在燕赵大地全面打响。河北进入了城市建设史上投资最多、规模最大、力度最强的跨越发展时期。三年时间，河北的城镇化率年均提高1.68个百分点，是全国平均水平的两倍。河北城市群以前所未有的勃勃生机与活力屹立在华北大地，并日益焕发出繁荣、富裕、文明、和谐的熠熠神采。

"三年大变样"，河北有史以来最大的城市建设和改造行动

"城镇化率低、中心城市辐射带动能力差，是制约河北发展的一大瓶颈。"基于这种判断，2008年1月，河北省委、省政府在全省正式启动城镇面貌三年大变样行动，提出"三年大变样、三年上水平、三年出品位"，用10年左右时间，全面提升河北的城镇化水平。

当时，河北的城建欠账多，城镇化严重滞后。2007年，河北设区市人口仅为1255万人，占全省6900万人口的18%，低于全国设区市人口平均值10个百分点。60%的人口在农村，使河北的中心城市小马拉大车，力不从心。

不仅如此，当时河北的城市面貌整体落后。城市缺少规划，街道狭窄，道路拥堵，生态功能缺乏，危陋建筑成群连片，城中村、棚户区生活极其不便。各设区市的违章建筑超过整个建筑面积的5%。

城市面貌要大变，必须拆除一些建筑，这成了"三年大变样"的第一个攻坚战。拆除违章建筑，拆除破烂不堪的连体房和城中村，拆除城区的污染工厂……

"这是河北城建史上规模最大、力度最强、成效最明显的时期。"河北省住房和城乡建设厅厅长朱正举说，河北三年新增城市道路2500多公里，人均道路面积由13.6平方米增加到16.3平方米；改造小街巷1910多条，新建城镇供水管网1033余公里，新建污水、雨水管网1029公里，新增供热面积1.4亿平方米、供气总量130万立方米。

以前，处处是高墙深院，有树不显绿、有园不见秀。河北省委、省政府带头，拆掉大院围墙，拆掉围绕大院的门面房，不到一个月，满园春色入眼来。石家庄市委干脆整体拆除了办公楼，建成了公园，40亩大的地方，如今芳草如茵，绿树如盖。拆墙透绿、拆院还绿，成为各个城市的自觉行动。

三年来，石家庄拆除危陋违章建筑2200万平方米；邯郸拆除城中村面积365万平方米，接近城中村面积的一半。全省累计拆迁改造危陋违章建筑数亿平方米，实施156项重大城建项目，完成城市基础设施投资相当于前7年投资的总和，其中市政基础设施建设投资1600多亿元，均创历史之最。

随着一批城市广场的建成竣工，随着城市主路被拓宽、断头路被打通，随着危陋违章建筑、临街门店、私搭乱建的广告被拆除清理，随着一个个楼群被"穿靴戴帽"清洗一新，河北的城市一下子变得通透、整洁、豁亮、时尚、现代了。

碧水蓝天，生态宜居城市呼之欲出

烟囱林立，粉尘滚滚，水流污浊。"一天二两土，白天不够晚上补。"

这是过去河北人的自嘲。曾有人做过计算，此前，不少设区市排放到空中的粉尘，每天人均二两多。

在"三年大变样"攻坚行动中，河北将城镇化建设与调整产业结构、节能减排有机结合起来。河北省委领导提出："城市的环境治理怎样算达标？不仅要看是否达到了国家公布的标准，更要看老百姓是否见到了蓝天，是否呼吸上了清洁的空气，是否享有了清洁的水源。"

为了整治空气污染和水环境，河北各地迅即开展了下列行动：将重污染企业搬出市区；将城市周边的小钢铁、小机械、小化肥、小煤窑、小水泥坚决实施升级改造和关停并转。

石家庄所辖的鹿泉市，是华北地区最大的水泥生产基地，前几年年排放粉尘20多万吨。在攻坚行动中，鹿泉市将166家小水泥企业全部关停，合并成3家大企业，将生产线全部更新为国内最先进的生产线，如今节能减排完全达标。鹿泉市和石家庄市区西部终于重现蓝天。

唐山拿出壮士断腕的勇气，关停了1504家高耗能、高污染企业，对钢铁、煤炭、水泥等10大重点领域的4591家企业进行综合整治，对城区的10家重污染企业进行搬迁改造。

三年来，河北省各市累计外迁、关停城市中心区污染严重的大型企业56家，拆去市区烟囱2117根，关停、拆除城市周围的小锅炉、小立窑不计其数，年削减燃煤2900万吨，减少二氧化硫排放35.6万吨。

城市改造的过程，也是植绿、护绿、添绿的过程。三年时间，河北省城市绿地面积新增1.2万公顷，达到5.7万公顷，增加27%，人均公园绿地面积由8.4平方米增加到11.5平方米，增长36%。

唐山将原采煤塌陷区改造成了拥有11.5平方公里的南湖公园，石家庄、唐山、廊坊、保定花巨资兴建了环城水系，沧州将南北贯穿的京杭大运河，建成城市生态走廊和市民休闲娱乐空间。承德武烈河生态文化长廊，邢台七里河整治，张家口清水河整治，邯郸赵王城遗址公园，衡水滏阳河整治项目，这些工程让每个城市开始摇曳生姿。

"三年大变样"工作，强力推动了节能减排和环境改善。全省"十一五"

秦皇岛开放广场

节能减排目标如期实现，单位生产总值能耗比2005年下降20%，化学需氧量、二氧化硫排放总量削减15%。与2007年相比，全省空气质量二级以上天数增加20多天。

"三年大变样"，带来了产业结构大调整和城市经济大转型

河北省委、省政府提出，做城市本质是做产业、做民生、做城乡统筹发展。"三年大变样"让中心城市的综合承载功能得到提高，聚集了生产要素、聚集了产业、聚集了人气、聚集了财富，有力拉动了经济增长，并使之成为新的经济增长极和科技竞争高地。

三年来，河北省固定资产投资超过2.9万亿元，拉动经济增长5.1个百分点。在全球经济危机和投资政策紧缩的背景下，河北房地产市场保持了持续增长，并带动50多个相关产业发展。全省城市化水平每年增长1.68个百分点，吸纳了300多万农村富余劳动力到城市就业创业，形成了以工促农、以城带乡的发展态势。

同时，城市拆迁也为全省各市新增盘活建设用地100多万亩，相当于前10年总和；各设区市累计收储土地19.2万亩，这不仅为各市平添了资金财富，更为完善城市功能、调整产业结构、美化亮化环境，尤其是为新上建设项目、高科技项目提供了广阔空间。

石家庄三年在18个县（市）区实施"十大工程"共569个子项目，力促县城建设上水平、出品位、大变样。唐山谋划了南湖生态城、唐山湾生态城、凤凰新城、空港城四大功能区，高标准建成了南湖这一国内最大的城市中央生态公园，成为唐山资源型城市转型的重要标志。邯郸提出以"科学创造"领跑产业创新，华北最大的白色家电基地、北方最大的办公自动化耗材基地、世界最大的无缝钢管生产研发基地项目相继在此落户。承德市强力推进"中疏"战略，依托避暑山庄和外八庙这一金字招牌，投入巨资对景区周边进行搬迁，腾出足够空间用以发展休闲旅游产业，向国际旅游城市大步迈进。

廊坊借助毗邻京津的独特区位优势，积极谋划和实施京津冀电子信息走廊建设项目。邢台谋划"一城五星"的城市发展格局，形成10分钟交通圈，使中心城市更具有产业聚集效应。

秦皇岛市整合组建了城市发展投资控股集团，与国内外多家知名企业签订战略合作协议，实施城镇建设项目669个，完成投资370亿元。张家口在主城区周边规划建设140平方公里的五大产业聚集区和四大物流园区。衡水市搭建了城建、交通、水务、教育、地产五大投融资平台，积极引进战略投资者，累计签约城建项目280个，收储市区土地7780亩。

围绕增强城市的承载和辐射能力，加快城市空间布局、生产力布局的调整，使城镇化真正成为实现经济转型的持久动力，河北正阔步前行。

拆迁改造，始终把群众利益放在首位

千难万难，拆迁最难。

拆迁规模如此之大，拆迁速度如此之快，牵涉面如此之宽，然而在拆迁过程中，至今无一起安全事故、无一例集体上访事件，也没有引发一件治安案件。原因何在？

"拆迁难，把群众利益放在首位就不难。"河北省委、省政府在推进城镇面貌三年大变样行动中，始终要求各地："城镇化建设不搞齐步走，不搞一刀切。"各地要因地制宜，分类指导，量力而行。要充分尊重群众的意愿，最大限度地保护群众的利益，坚决做到依法拆迁，努力做到和谐拆迁，尽最大可能解除拆迁群众的后顾之忧。

石家庄裕华区委、区政府坚持"以民生利益换拆迁速度"。他们推出了"住房+商业"补偿安置模式，每个拆迁户在得到300平方米安置住房外，每人还可分到25平方米的商业收益权。改造后，每户资产均不低于250万元。同时，机关干部走村入户，倾听群众心声，解决群众困难，换来群众的全力支持。该区三年拆违拆迁600万平方米，拆迁改造10个城中村，2010年底实现回迁的村达9个。

保定市以大投入建设大水系，实现了主城区雨污分流全覆盖，为百万市民营造了亲水宜居的生态环境。还集中连片推进府河、西大园和清真寺三大片区150万平方米危陋住宅的拆迁改造，使1.2万户群众直接受益。

沧州市投资7.8亿元对城市进行绿化，新增和改造绿化面积440万平方米，

集中建成了体育馆、会展中心、狮城公园等一批公共设施，改写了市区没有大型群众活动场所的历史。

邢台对生态环境恶化的七里河进行综合治理改造，市区人均新增水面9.5平方米、绿地14.4平方米，形成18公里滨河观光绿化长廊。

衡水市投资1.69亿元提升了市区集中供热供气能力，市区供热面积达到1010万平方米，通气条件居民达13000余户，投入使用8000余户。

在"三年大变样"过程中，河北还启动了"干部作风建设年"活动，大力削减行政审批项目、着力提高工作效能。

廊坊市用110天时间完成金光道景观环境综合整治，用短短76天建成光明西道精品迎宾线，用不到60天时间完成953户居民、39栋楼的拆迁任务，诠释了"廊坊效率"。邯郸市实施项目过堂会审等超常规工作法，自加压力、集中攻坚，将10大主要景观、10大重点建筑、10大基础设施分别增为27项、30项和25项，奠定了高标准完成城镇面貌三年大变样各项目标任务的坚实基础。

人民群众对"三年大变样"工作给予了充分理解、普遍认同和全力支持。一次大范围的调查显示，公众对城镇面貌三年大变样的满意度达到了95.2%。

解放思想，开门开放，建设繁荣舒适新城市

"提高城市品位，打造百年经典，不能闭门造车，必须解放思想，打开城门搞建设。"河北省委、省政府这样要求各地。

城市改造，规划是引领和关键。在"三年大变样"行动中，河北从规划设计体制改革入手，打开城门，面向全国和世界，选取最优秀的队伍和最佳的方案。

石家庄把规划设计全部推向市场，面向国内外公开招标，并规定每个重点项目至少有2家国内和1家国外设计单位参加，优中选优。承德市的城市总体规划，由中国工程院院士周德慈、古建筑学家罗哲文审定，产业规划由德国罗兰·贝格公司编制……

至今，河北省已引进国内外一流设计单位110家，承担了534个重点规划项目，累计投入规划设计资金近11亿元，超过了过去5年的总和。县城以上城镇均全面完成城市总体规划修编，设区市实现了控制性详细规划全覆盖，基本建立

了专项规划相衔接、技术导则相配套的城市规划体系。

在施工建设上，河北各地努力打破"肥水不流外人田"的做法，一大批"中"字头、"国"字号施工单位，在燕赵大地上干得热火朝天。

河北通过改革投融资体制，最大限度地吸引外资和各类社会资金参与城市建设。目前，河北通过运作，全省已组建政府直接管理的投融资主体30余家，已累计融资1400多亿元，为城市改造打下了坚实的基础。

"一座现代化的高品位城市，不仅仅要有高楼大厦和地标性建筑，还必须有繁荣的商贸、高效的管理、便捷的服务、独特的文化个性，有独具魅力的城市之魂。"河北省委、省政府认为："这也是一个城市的竞争力所在。"

河北省委、省政府提出："必须让城市之夜亮起来、活起来，强力发展城市夜经济。"石家庄、唐山、秦皇岛、邯郸等中心城市纷纷出台扶持政策，极力扮亮夜景观。2010年1月到10月，全省限额以上批发零售业销售额增长25.4%，同比增长11.4个百分点。

通过"三年大变样"，提高中心城市的辐射带动功能，进而以城带乡、统筹城乡发展，是河北省委、省政府的既定目标。从2009年起，河北省将农村新民居建设与城镇化建设结合起来，将城市基础设施向农村延伸辐射。目前，3000个省级新民居示范村建设扎实推进。

"城镇面貌三年大变样，只是完成了阶段性的任务，所做工作是整治性的甚至是补课性的，与全国先进城市相比还有很大差距。"河北省领导对此有着异常清醒的认识："推进全省城镇化和城市现代化，是一项长期的战略任务，必须坚持不懈地抓下去。"

2011年初，河北省在城镇面貌三年大变样工作结束后，又启动了"推进城镇建设三年上水平"行动，提出紧紧围绕繁荣和舒适两大目标，坚定不移、坚持不懈地加快城市化进程，促进城市发展上水平、出品位。

城市之花，正在燕赵大地开放。城市之光，正在照亮燕赵大地。

（原载2011年1月15日《人民日报》）

◎ 石家庄天水河

创造美好的城市生活

——访河北省副省长宋恩华

王方杰　李增辉

　　"推进城镇化建设，就是要逐步打造'近者悦、远者来'的生态宜居城市，让老百姓生活得更美好，让广大群众更多地享受城市发展的文明成果。"河北省城镇面貌三年大变样工作领导小组组长、副省长宋恩华说，"老百姓发自内心地笑了，才能说我们的工作到位了。"

　　此前，河北的城市面貌比较落后，城市功能不全，违章建筑多有存在，环境脏乱差，阴霾天气多，有100余万户居民生活在城中村、棚户区。宋恩华说，城市理应为人们提供安身之所、生活之便、创业之需，让人们生活得更幸福、更美好。任由老百姓长期生活在污水沟旁，生活在低矮平房里，是不负责任的，是不能容忍的。为此，河北启动了有史以来最大规模的城市改造工程。

　　宋恩华介绍，这个前所未有的城市改造行动，也是个前所未有的民生改善工程。三年来，各地始终坚持尊重群众、依靠群众、惠及群众。城市的拆迁补偿，方案由市民讨论，实施由市民监督；城市的规划建设，全部向社会公开，让市民全面、全程参与，让市民成为城市的创造者，最终也给群众带来了看得见的变化、摸得着的实惠。

　　第一是让市民住上舒心的房子。三年建设保障性住房和棚户区改造住房44

万套，解决了48.2万户住房困难家庭的住房问题。400多个功能不健全、设施不配套、环境脏乱差的旧小区得到改善，受益群众22万多户。完成289个城中村改造，10万多户居民乔迁新居，还新增供热面积7500万立方米，新增日供气能力30万立方米。

第二是让市民出门见绿。全省新增园林绿地面积9500公顷，城市建成区绿地率和绿化覆盖率分别达到33.6%和39.5%，人均公园绿地面积增长36%。

第三是让市民出行更方便。河北三年用于市政基础设施建设的投资相当于前7年的总和，三年新增城市道路2500公里，人均道路面积增长20%，打通了一大批断头路，建设了一大批快速路，建设量超过前10年的总和。全省还整治小街小巷1700余条、70多公里，更多的老百姓从家里出来，不再是"晴天一身土、雨天一脚泥"。

第四是让市民呼吸新鲜的空气、喝上干净的水。三年来，河北实施了重污染企业搬迁，新建污水处理厂108座、垃圾处理场74座，全省污水、垃圾处理率分别达到75%和65%以上。城市绿地面积增长27%，人均公园绿地面积增长36%。城市水源地水质、河流水质全部达标。全省11个设区市二级及以上天数，与2007年比，年增20多天。

第五是让市民得到更多的就业机会。城镇面貌三年大变样工作为社会提供各类就业岗位300万个，带动城镇新增就业54万人，占同期城镇新增就业人员的40%以上。城镇建设还直接拉动房地产、建筑、建材等多个相关产业发展，提供了更多的就业岗位。

宋恩华坚信，紧紧围绕"繁荣与舒适"两大目标，坚定不移、坚持不懈地推进城镇建设，河北城市的明天一定会更美好。

（原载2011年1月15日《人民日报》）

◎ 邢台七里河新貌

河北城镇面貌三年大变样的
新标杆、新手段、新机制

河北省住房和城乡建设厅

三个"十佳"：打造城市建设标杆

河北省始终强调要把精品意识贯穿于城市改造建设全过程，按照"无处不精心、无处不精细、无处不精美、无处不精彩"的标准，坚持高起点规划、高标准建设、高效能管理，着力打造精品工程、一流工程，多留遗产，少留遗憾。

为发挥典型示范效应，有效促进园林绿化、建筑节能和公共建筑水平的提高，河北省在全省范围内开展了"十佳"评选活动。石家庄长安公园作为城市"绿心"，集观赏、游憩、文化、生态和避灾等功能于一体，每天游客高达3万人次；邯郸春风小区集成地源热泵、太阳能、中水回用等多项节能环保技术，生动实践"节能低碳，和谐人居"理念；沧州体育馆和国际会展中心遥相呼应，和谐统一，设计新颖、造型独特，荣获国家优质工程奖，等等。日前，分别被命名为首批河北省"十佳公园"、"十佳建筑节能示范小区"、"十佳公共建筑"。

这些公开评选出的"十佳"工程，从不同侧面反映了河北省城市建设水平，展示了城镇面貌三年大变样工作成就，得到群众的充分认可和专家的一致好评，成为新时期河北城市的崭新名片和标杆工程。

三大平台：开启城市高效管理的"金钥匙"

近年来，河北省积极推进城市管理手段创新，搭建起数字城管、数字规划、数字房保三大数字化管理平台，有效解决了管理方式粗放、效率低下等问题，为"数字河北"建设奠定了坚实基础。

通过"数字城管"，利用网络技术构建了城市管理从信息收集、派遣到处理、监督、反馈的快速反应机制，初步形成以市级为主导、区级为主体、街道为基础的网格式数字化城市管理模式，成为全国首个实现数字化城管系统地级市全覆盖的省份。系统开通后的短短两个月时间，受理各类城管案件114万件次，及时处置率达到98.2%，管理效率提高近十倍。

通过"数字规划"，在全省范围内建立统一的数据标准，对城市基础地形、总体规划、控制性详细规划等各类规划设计成果进行数字化处理，搭建城乡空间信息平台和城乡规划电子政务平台，研发省、市两级城乡规划编制管理、审批管理、监督管理、统计评价、公共信息服务等业务系统，率先实现了城市规划全过程数字化、管理手段现代化、对象空间可视化、信息传输网络化。

通过"数字房保"，编制保障性住房建设项目基本情况、房源基本情况、被保障家庭申请审核和信用档案记录等30套业务表单，整理汇总各类统计报表10套，初步建立了从房源管理到保障对象申请、审核、入住、退出等各个环节的9项业务应用系统，基本实现了住房保障工作覆盖保障对象、各类房源、管理环节和建设过程的动态管理。

五项改革：为城市快速发展注入"催化剂"

河北省坚持用改革的办法破解城市建设中的难题，并在不断深化改革中尝到了甜头。三年来，改革已成为全省城市建设领域的"关键词"。

致力于解决规划设计水平不高、机制不活问题，着力推进规划设计体制改革。突破城乡规划长期存在的地方保护壁垒，在规划设计领域全面引入竞争机制，重要地段、重点部位、重大项目的规划设计方案，全部面向国内外实行公开招标，进行多方案比选，在合作与竞争中促进了规划设计水平的提高。

致力于解决渠道窄、融资难的问题，着力推进城建投融资体制改革。整合城市资产、资源、资本，组建政府直接管控的投融资主体，建立规范的公司运营机制，积极探索BT、BOT、TOT、PPP等先进融资模式，不断拓宽投融资渠道。创办河北省城市规划建设博览会，打造了招商引资的重要平台。

致力于解决城市低收入家庭住房困难问题，着力推进住房保障体制改革。坚持住房保障与棚户区改造、旧住宅改造和城中村改造相结合同步推进，构建了"一保三改"的保障性住房建设格局，有效提高了保障性住房的供应能力。同时，积极实施公积金异地提取、支持廉租房建设等政策，拓宽了保障性住房建设资金渠道。

致力于解决职能不顺、管理粗放的问题，着力推进城市管理体制改革。在规范城市管理行业服务标准的基础上，把管理职责、维护作业、审批收费和城管监察等职能逐步下放到区街，与数字城管相结合，逐步建立健全网格化、精细化的城市管理长效机制。

致力于优化房地产业发展环境，着力推进房地产开发领域行政审批制度改革。大幅削简审批项目，精简审批环节，降低收费标准，大幅提升房地产开发项目审批效能。在房屋产权登记办证环节，大力推行"立等可取"，促进房地产市场交易。

（原载2011年1月15日《人民日报》）

追求繁荣与舒适　推进"三年上水平"
河北城镇化建设再发力

河北省住房和城乡建设厅

雄关漫道真如铁，而今迈步从头越。

站在新的历史起点，河北省委、省政府领导始终保持清醒的头脑，深刻认识到，与全国先进省市相比，河北还有很大差距。推进全省城镇化和城市现代化，是一项长期的战略任务，必须坚定不移、坚持不懈地抓下去。为此，省委七届六次全会通过的"十二五"规划建议，明确提出要继续"加快城市化进程，促进城市发展上水平、出品位"。

近日，河北省出台了《关于开展城镇建设三年上水平工作的实施意见》，并召开千人动员部署大会，要求以科学发展观为指导，以加快转变经济发展方式为主线，以改革创新为动力，紧紧围绕繁荣和舒适两大目标，全面推动城市环境质量、聚集能力、承载功能、居住条件、风貌特色、管理服务上水平，着力做大做强优势产业，着力保障和改善民生，着力推进城乡统筹发展，真正把城市打造成为区域经济发展高地、生态宜居幸福家园。

"繁荣"就是具有优势突出的产业支撑、完备高效的要素集散功能、实力雄厚的自主创新能力；"舒适"就是具有魅力彰显的城市规划建设、适宜人居的良好生态环境、底蕴深厚的独特文化气质。

未来三年，河北城市将如何实现这两大主要目标？围绕三年上水平，河北城镇建设又将在哪些方面发力？

增强综合承载能力

城镇建设三年上水平，河北面临的首要挑战就是如何应对城市人口的快速增加和城市规模的快速扩张。

专家预测，未来三年河北城市人口将以年均1.5个百分点的速度增长。为适应这一发展趋势，河北必须着眼长远，按照现代化城市标准，不断增强城市的综合承载能力。

具体而言，需要高起点规划、高水平建设城市基础设施；要把城市交通建设作为重中之重，同时加快城市防灾减灾生命线系统建设，提高应对各种灾害的能力和水平。

（一）实施道路交通提升行动

河北省提出努力打造畅通城市，加快构筑以快速、大运量公交为主体的城市公共交通体系，抓好综合交通枢纽建设，提高交通运行效率。

河北省出台的《关于开展城镇建设三年上水平工作的实施意见》（以下简称《意见》）中提出，未来三年，每个设区市都要按照"零换乘、无缝隙、立体化"的标准，建成1个现代化综合交通枢纽，人均道路面积达到17平方米，路网密度达到6公里/平方公里，双向六车道以上城市道路全部设置公交专用道。这就意味着河北省城市道路平均水平将达到创建国家畅通工程A类一等城市管理水平，群众出行更加方便快捷。

作为河北省两大省域中心城市，石家庄、唐山还将投巨资建设城市轨道交通。

（二）实施架空线路入地改造

对往日架空如蛛网的各种线路进行大规模改造，尤其是主要新建道路，全面推行地下管线"共同沟"建设，同时对街道路面及其附属设施进行全面达标改造、规范设置和美化。

（三）以12个专项行动提升城市功能

河北省将集中实施两厂（场）建设、园林绿化、容貌环境整治等专项提升行动，提高各类市政设施水平和城市综合功能。

聚集先进生产要素

现代化城市建设，不仅是财富的象征，也是生财富的手段。河北实现城市繁荣，就要更加注重聚集优质产业、先进生产要素和优秀人才。

（一）力争更多省级开发区升级为国家级开发区

未来三年，为推动产业与城市融合发展，河北省着力做大做强一批国家级和省级开发区，推动一批省级开发区改造升级为国家级开发区，还要新增一批出口加工区和保税区，创建一批工业聚集区和新兴产业示范区。

（二）建设商业综合体，打造高品位中央商务区

在主城区特别是黄金地段，重点发展文化产业、金融保险、节庆会展、服务外包等高附加值的现代服务业。

着眼聚集物流、资金流，河北将建设一批城市商业中心区、特色商业街、商业示范区和商业综合体，积极发展假日经济和夜经济，构建充满活力的现代商贸物流体系。

河北省着力打造宜居宜业城市，环首都县（市、区）将各建设1个高层次人才创业园区和1个以公共租赁房为主体的人才家园，增强对优秀人才的吸引力。

◎ 廊坊人民公园

保障和改善民生

城镇改造建设的根本目的就是不断提高人民群众生活质量和生活水平，增强其舒适感、幸福感和安全感。

城镇建设三年上水平体现在保障和改善民生上，就是切实抓好大气和水质的改善；大幅度改善城市居住条件；完善教育、医疗、养老、保健等基本公共服务设施和便民服务设施建设。

（一）城市空气质量

未来三年，河北省将继续把改善城市环境质量放在重要位置，确保全年空气质量稳定达到二级标准，同时确保集中供水水质合格率达到100%，为人民群众营造天蓝、水绿、气爽的宜人生态环境。

（二）保障性住房

河北省提出：各地每年建设的廉租住房、公共租赁住房、经济适用住房和限价商品住房套数达到当地上年度城镇家庭户数的2%以上，其中设区市不低于2.5%，县（市）不低于1%。2011年，将开工建设保障性住房和棚户区改造住房30万套以上。

（三）四项改造继续发力

提高城市居住质量，旧区改造仍是重头戏。未来三年，河北省继续加大棚

户区、城中村、旧住宅区和旧商贸区改造力度。

总的目标，各设区市3000平方米以上的集中成片棚户区要基本完成改造，2008年初建成区范围内80%的城中村基本完成改造任务，2010年初建成区范围内所有城中村完成房屋拆迁、村民安置和土地收储；2000年以前建成、建筑面积3万平方米以上、未列入旧城改造计划的旧住宅小区，全部完成房屋整修、环境整治等改造；改造建设2个以上集休闲、娱乐、商务、旅游、文化等功能于一体的综合商业街区。

（四）建设"十小"便民服务设施

河北省提出，以街道和社区为主战场，高标准整治建设一批小街巷、小游园、过街天桥、小型停车场、小型体育设施、便民市场、社区卫生站、街巷地名标志及道路指引牌、无障碍通道、公厕等便民工程。同时，针对旧小区住户反映强烈的物业无人管等问题，要求物业管理覆盖率达到60%。

河北省还将发展社区多媒体便民综合服务站，以提供各类缴费、信息咨询等服务。

统筹协调城乡发展

推进城乡良性互动、协调发展，是城镇建设上水平的应有之义。要把城镇化与社会主义新农村建设更加紧密地结合起来，切实抓好县城和重点镇扩容升级，积极推进农村新民居建设。

（一）加快新民居示范村建设

近年来，河北省将新民居示范村建设作为统筹城乡发展的重要手段，尊重农民意愿，加快改善农民生活环境和居住条件，发挥了良好的示范带动作用，2011年河北省将继续加大新民居示范村建设力度。

（二）垃圾处理城乡一体

河北省将实施污水和垃圾处理专项提升行动，重点之一就是推进处理设施建设向村镇延伸，三年内省级重点镇和万人以上乡镇全部建成污水处理厂。针对垃圾围城、围镇、围村的现象，县级市、环首都和沿海县、50%的其他县要建立"村收集、乡转运、县处理"的城乡一体垃圾处理体系。

提升城市品质

以"城市品质"主导城市发展，成为目前城市建设界对城市发展的最高定位，也是国际国内城市现代化一大趋势。提升城市品质就是要提升城市规划品质、建设品质、管理品质，尤其要提升城市文化品质，铸造城市文化品牌，培育城市人文精神，提高市民素质和城市文明程度。

（一）进一步完善规划体系

河北省提出，实施规划攻坚行动，开展中心城市总体规划修编，完善公共设施、城市水系等重点专项规划，中心城市统筹管理区域内规划建设用地，对不适应发展要求的县城总体规划进行修编。

（二）围绕风貌特色加强城市设计

省级制定《河北省城市设计导则》，各市出台风貌特色管理规定，从整个城市着眼，对城市色彩、建筑等做出要求和导引范例，加强重要地段、重点部位城市设计，对历史文化街区、传统特色风貌区进行保护性改造等，培育一批精品街区、建筑和公园。

（三）加快生态城市建设

河北省将认真落实与住房城乡建设部签订的生态示范城市建设合作备忘录，加快唐山湾新城、正定新区、北戴河新区、黄骅新城生态示范城建设。

（四）延伸拓展城市数字化管理

目前，河北省设区市全部开通了数字规划、数字城管和数字住房信息系统。未来三年，将加快城市宽带网建设和数字广播电视网络改造，建立统筹既有三大平台为基础的现代城市管理体系，并向县（市）延伸。

（五）开展六个"十佳"评选

未来三年，河北省将在全省范围内开展 "十佳公园"、"十佳特色街区"、"十佳景观大道"、"十佳公共建筑"、"十佳绿色建筑"、"十佳绿色小区"评选活动，带动和提升城市建设品质。

（原载2011年1月15日《人民日报》）

河北健全制度保障困难家庭安居

王明浩

"政府补贴3000元钱，对一般家庭来说可能不算什么，但对我们低保家庭却是雪中送炭！"石家庄市低保户赵春香一家四口租住在40多平方米的平房里，年收入不到5000元，但租房就花掉一大半。如今，廉租房租金补贴解了一家人的燃眉之急。

安居，对城市的每一个家庭来说，都是头等大事。从2004年起，河北建立有效的住房保障制度，目前全省11个设区市都出台了住房保障管理办法，建立了廉租房的申请、审核、公示及保障方式确定等制度。4年来，全省分年度为人均住房面积8平方米以下、10平方米以下、12平方米以下、15平方米以下的低保家庭提供住房保障，发放租赁住房补贴5000万元，核减租金近800万元，并对部分家庭提供实物廉租房。

通过廉租房制度，河北已解决了97638户（次）城市最低收入家庭的住房困难，对符合条件的城市低保家庭基本实现"应保尽保"。省政府还出台"红头文件"，将廉租房的保障范围由低保户扩大到低收入家庭，并专门拿出1亿元资金。今年能享受廉租房保障的人群将增加1倍。

为保障低收入家庭安居，河北还根据经济适用住房政策的变化，及时对供应对象条件、建设标准等进行调整。4年来，全省竣工经济适用住房825万平方米，为10万多户城市中低收入家庭解决了住房。

此外，河北健全完善住房公积金制度，在推动非公单位缴存住房公积金、提高住房公积金个人住房贷款发放与使用率、完善监管信息系统等方面，制定相关制度和措施。到2007年10月底，共归集住房公积金余额318.7亿元，累计为12.3万多户职工提供了购房贷款。各市调整住房公积金个人住房贷款额度和期限，最大贷款额度可达30万元，最长期限30年。

今后几年，河北将着力完善廉租房制度，加快经济适用房建设步伐。2008年，为7万户城市低收入家庭提供廉租房保障，2009年扩大到8万户，2010年扩大到9万户。到"十一五"末，使低收入家庭住房条件明显改善，农民工等城市其他住房困难群体的居住条件得到改善。

（原载2008年1月13日《人民日报》）

城市发展　理念更新

——城镇面貌三年大变样带来了什么（上）

张许峰

曾几何时，河北城市给人的印象一是"土"，二是"旧"。

而今，这种印象正在被"时尚"、"大气"的赞美所代替。

这样的变化始自2007年10月底。中共河北省委七届三次全会首次提出，"提高城市的规划、建设和管理水平，石家庄市是重点，要在全省作出表率"，"各市和各县市都要从实际出发，量力而行、尽力而为，力争每年一大步、三年大变样，使全省城镇面貌明显改观"。

围绕增强承载和辐射能力，提高城市的规划、建设和管理水平，河北城市发展理念开始了一次脱胎换骨的更新。

城市规划是发展的蓝图，既要体现特色和品位，更要统筹考虑区域协调

（一）工业化与城镇化两者进程基本同步的世界规律，一度在河北遭遇尴尬。

2008年，河北省的城镇化率只有43%左右，低于全国将近5个百分点。与工业化率相比，河北省城镇化率滞后10个百分点以上。

城镇化滞后于工业化，河北经济发展的"两条腿"，一条长，一条短。

结果便是，城市规模不大、档次不高，生活、生态环境不好，既不能吸纳和聚集高端产业，也不能吸纳和聚集高等级要素，造成产业发展低端化，也造成城乡差距过大。

选择决定城市命运。河北城镇发展的路径选择在哪里？

实现"三年大变样"，加快推进城镇化。河北开始了一场从城市规划、城市建设、城市管理突破的新实践。

"城市规划是一个城市发展的蓝图，要科学论证、高标准设计，注意体现不同城市的特色和品位。规划一经确定，任何人都不能随意干预。"省委书记张云川在省委七届三次全会上明确提出这样的要求。

科学、富有前瞻性的规划，不仅更能凸显城市的特色和魅力，而且可科学指导城市的可持续发展，让城市成为辐射拉动区域经济发展的"高地"。

（二）这是河北城市"品位意识"集体觉醒的时期。

2009年6月底，石家庄市民发现裕华路两旁的高空"电力蜘蛛网"不见了。裕华路旁的太阳能公交车站台整齐划一，道路标识美观而规范。

这年的"五一"节，唐山市民纷纷来到开园的大南湖，体验这座重化工业城市清新自然、宜居生态的一面。

在邯郸，由德国LARS景观设计机构和上海大博景观共同编制的《滏阳河滨水走廊总体设计》方案，引入"城市之核"的理念，通过打造七彩滏阳河，塑造魅力新邯郸。

保定市在城市规划中提出给城市"留白"的理念。

芬兰著名城市规划和建筑专家伊利尔说过："让我看看你的规划，我就能说出这个城市的人追求的是什么。"

这是河北城市重塑"空间格局"的时期。

沿京广线北上，河北城市框架变"大"了。

邯郸制定了"1+8"城市组团式发展格局。主城区与8个卫星城间都将由一级公路相连。从邯郸市区出发，15分钟内即可驶入高速公路，卫星城与主城区形成"半小时经济圈"。

　　邢台市提出"一城五星"城市发展格局，并在县城集中规划、建设工业园区，实现产业集群集约发展。

　　石家庄在提出"1+4"城市组团后，最近提出，按照500万人口大都市的规划，城市定位在"繁荣、舒适，现代一流省会城市"、京津冀第三极、文化生态宜居城市。

　　保定将形成"一城三星一淀"的城市新格局，打造半小时交通圈。在县县通高速的基础上，把高速交通向园区延伸，实现重点园区通高速公路。……

　　规划理念上对城市空间布局的重塑，带来的是交通的便利，人员的加速流动，还有城乡间发展的均衡。

　　作为统筹城乡发展的"神经末梢"，农村也在变。

　　今年4月16日上午，卢龙县柳河山谷和抚宁县大新寨两处农村新民居建设工程正式奠基。柳河山谷项目将使全村600多名村民都能住进新楼房，过上和城里人一样的生活。

　　据了解，今年，我省将启动全省6500个新民居示范村规划建设工作，6月底前全部完成规划编制，其中4月底前完成省重点支持的2000个示范村规划编制。

　　面对系列城市环境问题，面对城乡统筹发展使命，城市局部的改造已不能满足需要，大规模的更新和重新布局，成为各城市解决这些城市问题的主要措施。

　　河北正通过"三年大变样"走出一条城乡协调、良性互动、符合河北实际的城镇化建设道路。

　　（三）视野有多大，规划有多高。

　　河北城市开始打破"就城市论城市"的局限，跳出行政区的框框，从城市带、城市圈以至更大的区域范围来整合自身的发展空间。

　　廊坊市在今年初的市"两会"上提出，"将编制和实施环京津城镇群发展规划，选取一批具有良好区位优势和产业基础的重点城镇，结合村庄整理和新民居建设，建设一批高标准的小城市。"

　　其实在廊坊香河县，从2007年开始至今，县里对159个村街进行整体规划，确定了20个新农村建设组团。整理出的土地迎来一大批现代服务业项目。新的农村组团成为打造小城镇的绝佳平台。

为此，今年廊坊市还计划在北三县经济一体化上有新突破。从重大基础设施、产业协调、城镇布局、共有河流和国道整治上，进一步做好规划和整合。还要研究出台税收分成的利益共享机制，实现项目统一摆放、产业统一布局。廊坊旨在把燕郊新城锻造成环北京城镇群的节点。

而在张家口张北县，竟然有5家五星级酒店在建或已建成。来自北京的旅游、商贸、休闲等产业投资让这座县城面貌"连升三级"。

京津冀都市圈加速形成，河北城市之变可谓恰逢其时。

从今年全国"两会"上传出信息，北京市地铁将延长至我省廊坊、保定等地，目前正在进行前期调研工作，关系京冀两地的京唐、京张、京承高铁等线路建设也正提上议事日程。

京津冀区域间城市融合的步伐明显加快了，河北城市建设和发展又要从更大平台上去考量了。

城市建设不是单纯盖高楼，既要体现"匠心"，更要促进加快经济发展方式转变

（一）去年7月9日，日本记者大泽庆子在参观了石家庄的城市建设后，在新闻报道中写道："公园、广场、大型住宅区、公路，到处都在施工，到处都是一幅繁忙的景象，我感觉自己的眼睛已经不够用了。奥运会之前北京的变化已经算是很大了，石家庄到底会建设成什么样呢？"

省委书记张云川曾说，城市建设，"要注重细节。每一处城市景观、每一个社区、每一条街道，都要精心设计，体现匠心。"

蓝天多了，道路宽了，街景美了……其实，这些人民群众看得见的进展还只是三年大变样工作的一个开始。

城市建设不但要宜居宜业，体现匠心，还要为城市产业结构调整、经济发展方式转变提供动力和平台，做城市就是做产业。

（二）城市建设的过程，本身也是一个投资的过程。

当河北经济发展迎战2009"困难之年"的时候，全省城镇面貌三年大变样城市基础设施投资完成了2515.7亿元，增长56.9%，拉动城镇投资增长12.2个百分点。

初步统计，全省"三年大变样、推进城镇化"期间，计划启动的城建大项目有1000多个，总投资将达到8000亿元。

这不是一个孤立的数字。

业内专家保守估算，建设性项目每投入1个亿，就可拉动相关产业产生3个亿的产值。城市的建设和改造，扩大投资、扩大消费，本身是拉动经济发展的一个过程。据测算预计可直接产生至少12800亿元的增加值，累计拉动经济增长6.34个百分点，产生近16000亿元消费需求，增加城镇就业岗位约129.3万个，增加财政收入1667.3亿元，产生税收838.4亿元。

但大规模城市建设所带来的不仅仅是投资效应。

常山股份整体搬迁，华药搬迁，石钢搬迁……"三年大变样"中，关于石家庄企业外迁的新闻接连不断。按照规划，石家庄城区有48家重点企业需要搬迁。

2009年7月20日，唐山市召开市属企业搬迁曹妃甸协调会，搬迁企业涉及冀东水泥、冶金矿山、陶瓷股份等。

邯郸力争用3年时间把新丰农药、滏阳化工等30余家化工企业全部外迁。

企业外迁是因为都遇到了相似的问题———与居民区、商业区混杂，企业发展无空间，城市发展受制约。"每一家企业的搬迁都不是简单搬家，而是与改造、改制同步进行。各市在支持引导企业在搬迁过程中利用先进技术改造传统工艺，实现清洁生产和产品、技术的升级换代。"省发改委有关负责人说。

企业外迁，带来了张家口的产业大集聚。

作为工业重镇，张家口主城区内年产值500万元以上的规模工业企业有近百家，主要涉及能源、机械、冶金、化工等，占城区面积三分之一。为此，张家口斥资30亿元建设了总规划面积80平方公里的西山、南山、东山三大产业集聚区。中煤公司的煤机制造项目率先进入。去年5月1日，北京一家企业的万能铣床零部件项目在此投产，5月16日，席勒（中国）飞机制造有限责任公司直升机制造项目在西山产业集聚区开工……"园区向城镇集中、企业向园区集中，

思想大解放　三年大变样

◎ 沧州城中村改造得到百姓的支持，拆迁户积极地签署拆迁协议加快产业优化升级，加快新兴产业发展，实现产业聚集与城镇建设的良性互动。"对城市产业发展的路径设置，正一步步成为现实。

（三）今年河北省"两会"期间，对城市夜经济的关注，因为省委书记张云川和北人集团总裁白珊的对话而进入人们的视野。

人们在热议中发现，一个看似简单的夜经济，竟然涉及吃、喝、住、游、购、娱、美、学、健等业态，涉及发改委、商务、交通、公安、环保、工商、城管、文化、体育、卫生、税务、质监等部门和机构。

建设步行街，谋划消费热点，组织更多的消费活动，对城市管理环节进行调整……新的城市，为孕育新的产业而行动。

如果说，"三年大变样"是河北城市的一次集体转身的话，城市所承载的产业格局无疑也将随之改写。

今年开始，石家庄的产业结构变"轻"了：沃尔玛（河北）百货有限公司日前获得批准，东亚银行石家庄分行正式开业，裕华万达广场开建……

城市发展，需要市区内工业企业搬出去，更需要把新兴产业引进来。

2009年4月29日，作为唐山市"三年大变样"标志性工程的唐山大南湖开园。此后，南湖生态城管委会副主任高怀军感受到了一种变化。

当年"五一"前，许多开发商到大南湖只是来看看，"五一"期间游人如织的盛况引起关注，许多投资者开始直接上门洽谈。

按照规划，南湖生态城将着力打造世界一流的休闲旅游度假胜地、文化创意产业园区和国家城市湿地公园，进而拓展城市发展空间，提高城市宜居程度，带动第三产业及周边区域的快速发展。

按照要求，河北省在推进城市改造建设中将积极发展优质产业，注重引进那些能够创造GDP、解决就业、增加地方财政收入的经济实体，以城市经济的繁荣促进经济发展方式的转变。

建设难管理更难，城市管理既要做到科学精细，更要形成有效机制

（一）今天我修路，明天你埋管，后天他裁杆……曾几何时，几乎成为河北省城市的常态之一。

随意占道经营、车辆乱停乱放、公共设施被随意破坏，在城市中此类现象屡禁不止。

停水、停气、停暖告知信息不及时，居民生活受影响，抱怨连连……

城市建设难，管理更难。

难在管理上的粗放、不精细，难在管理机制不健全，难在运行机制不完善。

"三年大变样"，在改变城市的面貌，也在再造城市整个运行体系。一场关于城市管理的变革也由此开始。"城市管理要做到科学、精细，有标准、有目标、有责任、有检查，形成一套有效的工作制度和运行机制。""三年大变样"工作启动伊始，省委书记张云川便多次强调。

（二）今年春节后，承德市民发现，城市主要街区路边竖起了城市管理监督标牌，上面明示了城管、交警、园林、环卫等部门管理范围并公开责任人的电话。

"原来是一个路灯坏了不知道找什么部门反映，打一大圈儿电话还没人理，现在一个电话过去，马上便有人过来维修。"市民李先生说。

变化始于今年3月1日，承德对市中心区主要街道和重要部位实行"网格化"管理，将市中心区的管理辖区按一定标准划分成单元网格，确定并向社会公布单元网格的管理单位和责任人，以划段分片挂牌的方式，明确单位、明确人员、明确任务、明确责任、明确奖惩。

新的管理手段还涉及对街面秩序（含市政设施）、交通秩序、治安秩序、环境卫生、园林绿化、旱河管理等六个方面进行全时段、全覆盖管理和服务。新管理方式实现了"走街入巷全到位、联系方式全公开、反映渠道全畅通、服务管理全覆盖"。"如果城市管理工作对每项工作都有标准要求，对每一个细节都认真规范，那么，整个城市管理的水平就能上一个大的台阶。"省住建厅厅长朱正举认为，在城市改造管理过程中，应更多推进精细化管理、数据化管理、标准化管理，最终实现城市管理的科学化。

无疑，如何提升城市管理水平体现便捷高效和以人为本，实现从粗放管理向精细化管理的转变，提高城市管理效能，已成为"三年大变样"中一项重要课题。而这个课题回答得好与否，同样关系着河北城市未来的发展。

（三）今年以来，邯郸市探索推行了城市管理联席会议制度，将城管、规划、建设、市政等20多个单位组合，每月协商探讨城市管理难题。

石家庄从2008年开始，便将18项权限下放，启动市区城市管理体制改革。

每一种管理行为，如何做、何时做、做到什么程度，都要在制度上做出明确规定，城市管理亦然。

2009年5月15日，河北省人民政府印发《关于进一步深化城市管理体制改革的意见》，为城市管理"深耕"提供政策和制度保障。

根据意见安排，到2010年底，全省设区市基本建立以市级为主导、区级为主体、街道为基础的城市管理体制，形成比较完善的"两级政府、三级管理、四级落实"的城市管理体系，建成城管数字化信息平台，实现"网格化"、精细化管理，促进城市管理水平全面提升。

城市管理"大变样"，正在从制度层面实现突破。

（原载2010年5月20日《河北日报》）

© 夜以继日

干部作风　促转求变

——城镇面貌三年大变样带来了什么（中）

董立龙

硬任务催生作风大转变。

在河北省城镇面貌三年大变样工作中，全省各级干部作风也在变样。一位基层干部对此深有体会："'三年大变样'培养了干部们统筹谋划、精细管理、雷厉风行、真抓实干的作风。"

思路新了、工作实了、水平高了……许多群众对干部作风给出了这样的评价。

面对尖锐矛盾，干部要站在群众立场上，为群众切身利益着想，天下第一难就不难

（一）3月26日，随着唐山市丰南区丰南镇七街村最后一个拆迁户成功签约，该区拆迁工作又一次刷新了"唐山效率"：20天，拆迁7个村，涉及5695户、2万多居民。

如此大规模的拆迁，无一例上访，无一处强拆。回首这20天，参与拆迁的干部们自己都觉得这是一个奇迹。

不仅仅是丰南，在石家庄市桥东区，12天破解了吴家庄村4年没有解决的城中村改造拆迁难题；在邯郸市丛台区，13天拆除了违章建筑76万平方米……

"三年大变样"工作中的这些进展，纷纷被称为"石家庄速度"、"唐山效率"、"丛台现象"。

拆迁涉及利益调整，容易引发干群尖锐对立。在这些"速度"、"效率"背后，各地靠什么创造了这些奇迹？

"靠什么？靠的就是不怕千言万语，把工作做得细些再细些。"回忆起吴家庄的拆迁过程，石家庄市桥东区委老干部局局长李运彦说。

进村前，指挥部就定下了"以心交心，以诚相待"的原则，530名参与拆迁的干部始终遵循一个不成文的规定：对居民说话的时候，声音轻一点；宣传政策的时候，态度好一点，要以无微不至的关爱去感动拆迁户。"都说拆迁难，不经历拆迁不知道到底有多难。"李运彦等人一进村便遇到了巨大阻力，有的村民态度生硬，提出了高补偿标准；有的村民始终不开门，消极抵触。

"吴家庄是省会铁路入地的起点，国家重点工程，铁路入地将结束桥东桥西分割的历史，工程建好后得方便多少人啊！""补偿方案已经修改和调整了好几十次，核心就是要保障咱老百姓的合法权益……"李运彦等人就是靠着这样的千言万语，讲政策、讲标准、讲利害关系……嘴皮子磨破了，嗓子说哑了，村民们对拆迁政策也越听越明白了。

还有很多也被村民们看到了眼里：一位村民夜晚突发心脏病，幸好入户动迁的干部迅速拨打120，将其送进医院，并陪护到凌晨4点；没房子的人家干部帮着租房子，困难的家庭给发放救济金，寻找就业门路，涉及孩子转学的帮助联系学校……

春风化雨，润物无声。一个个拆迁中涉及的问题开始解决，一块块坚冰在嘘寒问暖中消融。

"'三年大变样'之所以顺利推进，关键是干部们不怕千辛万苦做思想疏导工作，千方百计主动帮助群众解决实际困难。"群众对此有目共睹。

（二）承德市双桥区原碧峰门棚户区的居民如今已经分别住进了4套六七十平方米的新居。他们回忆起经历的拆迁过程，深有体会："我们不怕拆迁，怕的是拆迁过程不公开，不透明。"

针对群众的担心，承德市棚改办在拆迁一开始，就竖起了一幅巨大的回迁楼鸟瞰图，立体绿化，人车分流，配套齐全……一下子让拆迁户充满了憧憬。

2009年10月，房子建好了，所有待分配房源和回迁安置方案开始在街道社区及报纸、电视台等进行公示。

随后，所有回迁房都打开大门，让回迁群众实地察看和选择。

2009年11月15日，要分房子了。在棚改办，所有回迁户依次抽到了回迁楼选房的顺序号。"拆迁改造棚户区的目的就是为了改善群众的居住条件和生活质量，没有什么需要对群众藏着掖着的，我们的工作就是要坚持公开透明，工作过程阳光操作。"承德市一位棚改办的干部说。

都说拆迁难，其实要看难在什么地方。有的是难在干部作风简单粗暴，群众不买账；有的难在被拆迁人的合法权益没有保障，拆迁过程不公开不透明。解决了这两难，拆迁自然也就不再难了——"三年大变样"工作中，这样的认识已经深入各级干部思想之中。

在吴家庄，"一户一策、一证一议"的具体拆迁政策就是根据被拆迁居民的普遍意愿制定的。

在张家口，一项"我为城市建设献一策"的活动，通过问卷、短信等形式，征集到了意见建议1万多条，其中有600条已经纳入了今年的"三年大变样"工作之中。

面对复杂局面，干部要打破惯性思维，善于学习与创新，成堆问题迎刃而解

（一）4条东西交通主干道，3条同时大修，对于一个市区人口超过200万、人口密度居全国前列的大城市来讲，交通将会变成什么样？

面对这样的问题，几乎所有人都会联想到一个交通混乱不堪的场面。2009年3月，石家庄市就站到了这道考题面前：面对可能出现的城市交通瘫痪，怎样才能既保证工程顺利推进，市民出行又不受过多影响？"应对复杂局面，关键在于要有一种迎难而上的作风，打破原有思路，千方百计完成目标任务。"石家庄市副市长王大虎当时这样表述该市决策层的思考。依据这样的思考，石家庄市拿出了一整套前所未有的特别设计：

城管部门打通100多条小街小巷，交管部门投入3000警力，施工单位保持半幅修路、半幅正常通行，园林部门晚上施工白天清场，公交部门增加车辆，科学设计绕行线路……

但问题仍然还会出现：每天平均发生轻微交通事故100次左右，按规定，事故要由专门的事故处理民警负责，而发生事故后，他们赶到现场需要15分钟左右。这一时间平常不算什么，放在非常时期已经足以堵起一条长龙。"所有工作都应该围绕着解决问题转，一定要敢于打破常规。"按照这样的思路，石家庄市公安交通管理局出台措施，将事故处理民警分成11个行动小组，打破辖区界限，全部乘骑摩托车，"有警出警，无警边巡逻边待警"，以实现快速到达现场，并快速勘查处理。还对普通交警集训赋权，使他们能够处理一般事故。

工程开始了，石家庄市民惊奇地发现，交通并未出现想象中的混乱场面：在施工主干道，在原本并不宽敞的小街小巷，机动车、非机动车、行人拥而不堵，拥而不乱。与此同时，各条道路施工并未延误，而是在按计划快速推进。

（二）像石家庄应对三条主路大修一样，全省的"三年大变样"工作，突破已成常态，创新不胜枚举。

城市规划如何升级、土地如何收储、产业如何摆布、建设资金如何筹集……一道道新命题，考验着各级干部的智慧，也激励着他们打破惯性思维，加强学习，努力创新。

拆迁之后，需要尽快完成建设。然而作为市场主体的房地产企业却遇到了难题：办理一个房地产项目手续，在有的省只需要不超过10天，而在河北则要用一年多甚至两三年，盖166枚公章，涉及94项收费。

针对这样的问题，一场席卷全省的审批制度改革开始了：各地纷纷对房地产开发行政审批、收费项目大幅度削减和停收。承德市建设局把原来11个公章缩减为一个公章，邯郸市建设部门把原有的14枚公章减少合并为1枚……

减章不是目的，而是为了提高效能。超前服务、公开承诺、首办责任、并联审批、超时默认、追究问责等一系列制度的制定，使房地产审批流程实现了科学再造，审批时限大大缩短。

石家庄市审批时间由60天缩减到7天，保定市压缩到10个工作日，秦皇岛市压缩到9个工作日……和以前相比，许多房地产商发自内心地说：连想都不敢想！

让人不敢想的事情还有很多。今年张家口市的政府工作报告提出，年内将完成城建投资750亿元，而去年该市全部财政收入也只有122亿元，不及这一项投资的1/6，其余的钱从哪来？"必须破除城镇建设单纯依靠政府财政的习惯思维"，张家口市市长郑雪碧说，城镇化的本质就是以空间换财富、以空间换速度、以空间换资源、以空间换生态，过去习惯于"有多少钱干多少事"，现在应该倒过来，"干多少事找多少钱"。

张家口全市上下对如何"经营城市"进行了大胆探索，在精心包装项目、创新融资机制、盘活土地资源等多方面进行有益尝试，并取得显著成效。

做好"以地生财"文章，该市计划盘活城区内可开发土地12万亩，预计将带来近千亿元收益；拓宽多元融资渠道，组建城投集团和通泰集团两大市级融资平台，仅2009年一年就与10家省级金融机构签订99个合作项目，争取到一期信贷投资376亿元；盘活城市存量资产，综合运用BT、BOT、TOT和PPP等多种方式，尝试城建项目的融资创新……

面对艰巨任务，干部要发扬拼命三郎精神，一心扑在工作上

（一）时过两个多月，邯郸市的许多干部至今仍记得春节过后该市开的"过堂会"。坐在堂下"候审"的是某个县区或某个市直部门的领导，坐在堂上"主审"的是市领导和全市其他区县、市直各部门的主要负责人，"会审"的内容主要是今年"三年大变样"工作的计划和打算。

参加过会审的该市丛台区委书记杨晓和回忆："汇报现场气氛紧张，辩论激烈，所争所辩，句句都要落到实处，而且不许带稿。当时真有一些领导干部头上冒汗，下不了台。""其实，这只是对'三年大变样'工作推进形式的一次变革和创新。"邯郸市市长郭大建说，目的就是要克服干部作风中的一些积弊：光做"唱功"没有"做功"，热衷于摆花架子、做表面文章，讲起来头头是道、干起来没有真招……

（二）三年大变样任务艰巨，硬任务催生作风大转变，各级干部的事业心和责任感不断强化。"5+2"、"白+黑"的工作精神被不断扩展，拼命三郎式干工作的典型也不断涌现。

在石家庄市桥东区委老干部局局长李运彦的办公室里，办公桌下一个小马扎很是显眼。在参加吴家庄拆迁时，因为工作不好做，为了等着和拆迁户沟通，他就拿个马扎，坐在人家门口等，一等就是一整天。

像他这样，在"三年大变样"中，许多干部几乎天天"坐马扎、吃盒饭"。有些同志老人妻儿生病也顾不上过多照顾，个人得病咬着牙关坚持不下一线。回忆起这些，他们都说：任务赶到那儿了，不管有什么困难也得拿下来。

"拆迁工作是一个练兵场，群众实践是一个大课堂"。唐山丰南区的拆迁中，女同志韩珊荣每天入户动迁，嗓子很快就哑了。白石庄村的一个洗车的涉迁户态度强硬，韩珊荣先后6次带领工作人员和村干部入户动员，有个大雪天她一直做工作到晚上10点多，最后嗓子几乎说不出话来。最终这位拆迁户同意搬迁："大姐，我不做'钉子户'了，你们三趟五趟来，这么费心，我实在是过意不去了！"

总结这些，省社科院财贸所所长颜廷标研究员指出，这样的干部作风，不是在办公室里坐而论道形成的，而是在任务执行、制度建设、严格考核的激励约束中形成的。这种作风一旦升华为精神，就会形成推动发展的巨大力量。

（原载2010年5月21日《河北日报》）

◎ 工作人员深入群众讲解政策

改善民生　绽放笑脸

——城镇面貌三年大变样带来了什么（下）

吴艳荣

近日，一位摄影爱好者，想记录下城镇面貌三年大变样中最美的风景，于是，高楼大厦、清清河水、宽阔马路、街头游园、居民小区不断进入他的镜头，但谁是最美，却难以取舍。

而此时，一张张笑脸走进了他的视线，这是承德棚户区回迁户拿到新房钥匙时幸福的笑脸，邯郸市民在家门口的游园悠闲散步时惬意的笑脸，省会市民在高高架起的二环路上畅通行驶时自豪的笑脸……他恍然大悟。原来，市民们因城市变化而由衷绽开的笑脸，才是城镇面貌三年大变样中最美、最动人的风景。

"三年大变样"，改善民生是最大的出发点和落脚点，要让群众得到实实在在的利益

（一）亚里士多德说："人们来到城市是为了生活，人们居住在城市是为了生活得更好。"

然而，在城市的棚户区、危陋小区居住多年的人们，感受更多的却是理想与现实的差距。

在承德，碧峰门、酒仙庙、会龙山、迎水坝等四大片棚户区近23000余名棚户区居民，居住条件十分简陋，其中还有上世纪五六十年代盖的土坯房、油毡房，不通自来水，没有下水道，一些建在半山坡的棚户区甚至连路都没有，一遇连阴雨，几千户居民下不了山。

在唐山，长青楼区域地处市区核心地带，是1976年唐山大地震后建起的第一批楼房，30多年风剥雨蚀，原本低矮、狭窄的楼房更显破败陈旧。

在河北省各市区，几乎都有这样的棚户区、危陋小区，居住在其间的人们，盼星星，盼月亮，做梦都想住新房。然而，因大部分为低收入困难群众，根本无力购买商品房圆安居梦。

（二）2008年7月，承德棚户区改造拆迁工作正式拉开帷幕，作为承德市"一号民心工程"、"三年大变样、推进城镇化"工作的重中之重，打响了堪称承德城建史上难度最大的一场"硬仗"。

2009年11月15日，承德碧峰门棚户区改造工程竣工，曾经的8000余户棚户区居民终于搬进了梦寐以求的新居，考虑到棚户区居民60%以上属于低保、低收入群体，回迁楼建成时即达到了入住标准：卫生间瓷砖、马桶、洗漱池，厨房瓷砖、洗菜池、煤气管道、墙壁瓷砖、水泥地面、免漆门全部到位，一应俱全。"要不是棚户区改造，我恐怕这辈子也住不上这么舒适的新楼房啊！"谈起过去一家三代挤住在20多平方米的平房里，被煤烟呛得整夜咳嗽不止的日子，再看看现在的新家，80多岁的碧峰门棚户区回迁户李凤桐老人一脸的幸福和感激。目前，碧峰门棚户区居民已经回迁完毕，承德市其余3片棚户区的回迁楼建设正在紧张施工，房屋主体大部分已完工，预计年底前居民可全部选房回迁。

不止是承德，在人们期待的目光中，唐山震后危旧平房改造，保定市府河、西大园、清真寺三大片区危陋住房改造，邯郸市五仓区棚户区改造等项目规模大、速度快，受到群众广泛赞誉。

"三年大变样"是关注民生、重视民生、保障民生、改善民生的一项重大民心工程。它所改变的绝不仅仅是城市的形象，而是让群众得到实实在在的利益。而让人民群众受益，首先要从群众最迫切、最急需的事情办起。群众最渴望的棚户区改建、旧住宅小区改善、城中村改造，作为全省"三年大变样"最先启动的重点工作，从一开始就得到强力推进，以尽快改善人民群众的居住条件。

2008年初，省政府出台《关于解决城市低收入群众住房问题的实施意见》，决定到2010年，解决23.8万户城市低收入家庭住房困难，完成设区市市区旧住宅小区改善和棚户区、危陋住宅区改建。

动员、拆迁、安置、筹资、建设……大规模的棚户区改建、旧住宅小区改善、城中村改造从此拉开帷幕，各项工作争分夺秒、紧锣密鼓地推进。

截至今年3月底，全省各设区市共启动城中村改造项目263个，改造完成73个；全省累计竣工回迁安置房70913套，安置户数47519户，回迁安置率达到43.8%；累计完成旧住宅小区改善项目316个，改善面积1102万平方米，受益群众15.5万人；各市已落实新建廉租住房项目64个、16615套，占责任目标的66.5%；落实城市棚户区改造项目142个，计划拆迁448.43万平方米，其中有8个设区市工作计划达到或超过省政府下达的责任目标。

笑意洋溢在脸上，温暖流淌在心里。走出简陋的"蜗居"，搬进宽敞的新房，城市低收入家庭多年的新居梦，终于在"三年大变样"中实现。

（三）沙河市刘石岗乡李石岗村，坐落在一片比较贫瘠的丘陵上，村集体经济薄弱，村民们祖祖辈辈生活了多少年的村庄在外人眼里显得破旧。"外村的姑娘都不愿意来俺村找对象，本村的好姑娘也都嫁到外村了。"村支书李保昌深有感触地说。

不过，李保昌说的都是一年前的事了，因为新民居建设彻底改变了李石岗村的旧面貌，也改善了群众的生活条件。

村里以实施整体搬迁为契机，与冀中能源河北金牛下属的显德汪矿联合，走出了一条村企共建新农村的道路。

已建成的新村位于旧村村西1.5公里处，占地330亩，总投资8000万元，设计建设双层庭院式住房403套，每户平均占地面积203.5平方米，平均建筑面积215平方米。村里按照居住舒适、环境优美、节能环保、绿化亮化、道路平整、坚固实用的要求进行规划、建设，旧貌换新颜。"现在，漂亮的姑娘都争着来俺村找婆家哩。"李保昌笑得合不拢嘴。

与城镇面貌三年大变样同步进行的新民居建设，让越来越多土生土长的农民告别低矮的平房，搬进了和城里人住的一样有客厅、有卧室、有卫生间的新居。

2009年，省财政投入2亿元专项资金，实施新民居建设千村示范工程，农村生产生活环境不断改善。

今年，省财政又安排3亿元专项资金用于农村新民居建设，主要用于2000个省级示范村基础设施建设。各市县财政也将在预算中安排新民居建设专项资金。

"三年大变样"，优先保证民生工程和投资环境工程，让群众看到日新月异的变化

（一）"三年大变样"，究竟怎么变？

"三年大变样"工作从一开始就不是简单的修修补补，其内涵也远不止单纯的拆拆建建。五条基本目标十分明确：环境质量明显改善、承载能力显著提高、居住条件大为改观、现代魅力初步显现、管理水平大幅提升，而实现这些目标的过程，本身就是一个不断改善民生的过程，一个不断提升市民舒适度和幸福感的过程。

做城市，本质是做民生。省委、省政府强调，"三年大变样"，资金筹措可适度负债，优先保证民生工程和投资环境工程等，即统筹兼顾、进一步突出重点。城镇面貌三年大变样工作任务是否完成，以省委、省政府"两办"下发的五个方面若干项量化指标为考核依据，居首位的应该是大气和水质的改善。

（二）"石家庄必须要解决的是空气问题，健康问题是最大的民生。"省委书记张云川在2008年、2009年两次人大会议上，强调要用硬措施让老百姓呼吸上新鲜空气。

"三年内，高污染企业要全部搬迁出市。"2008年2月28日，石家庄市第十二届人民代表大会第一次会议上，《政府工作报告》作出这样的承诺，省会治理大气、水污染的决心和力度可见一斑。

此后不久，列入搬迁计划的市区40多家重点监控企业名单出炉，并排出搬迁时间表：河北白沙烟草有限责任公司等12家企业2008年完成搬迁；石家庄市油漆厂等5家企业2009年搬迁完毕；2010年搬迁石家庄钢铁有限责任公司等31家企业。这是石家庄历史上规模最大、涉及企业最多的一次"集体搬迁"。

河北白沙烟草有限责任公司石家庄烟厂搬迁出市区，省会维明街与中山路交叉口附近飘浮多年的烟草味终于消失了；

列入省重点产业支撑项目的华药新工业园区建设启动，华药搬迁将在今年底前完成；

石钢搬迁规划确定，将在黄骅港安新家……2008年以来，石家庄主城区已经有35家企业完成或正在搬迁。到今年年底，污染企业盘踞石家庄城市中心的时代将一去不复返。

污染企业搬迁，只是石家庄"洗城净天"、"清流净水"两大会战中可圈可点的重要一笔。

全部淘汰水泥机立窑、居民用户置换天然气、取缔113家小建材、95%以上的出租车使用天然气……省会大气保卫战一个接一个，不断刷新着"蓝天"的数量。2009年石家庄市空气质量二级及以上天数达到317天，比上年增加16天。

2009年，各设区市把大气和水质改善放在首位，城市环境质量持续好转。全省11个设区城市空气质量二级以上天数平均达到334天，比上年增加10天。秦皇岛、廊坊、承德、沧州、衡水、邢台、保定、张家口等8个设区城市环境空气质量达到国家二级标准，比上年增加3个。11个设区城市饮用水源地水质达标率达100%。

（三）"我们的城市必须成为人类能够过上有尊严的、健康、安全、幸福和充满希望的美满生活的地方。"1996年联合国人居组织《伊斯坦布尔宣言》一语道出了城市的发展方向，令人向往。

城市如何让人更健康、更幸福地生活？

一千个人，可能会给出一千个答案，但"能有健康的生活，能够便捷地交通，对孩子和老人来说很安全，能够轻易地接近绿地"这一观点，得到了普遍认同。

◎ 变的喜悦

优化人居环境，正是"三年大变样"的题中应有之义。

2月22日，2010年全省"三年大变样"百项重点建设项目、邯郸市十大标志性工程——丛台广场开工奠基。

丛台广场项目建设占地面积33000平方米，广场地面布局以水景为主，南面为带状喷泉和景观绿化。这个集市民文化休闲、游憩娱乐于一体的城市公共活动场所将于今年建成并向市民开放。

丛台广场位于邯郸市政府南侧，市区黄金地段，曾是邯郸市最大的棚户区所在地。有人测算，这一地块如果挂牌出让，政府每亩可获收益六七百万元，多家开发商曾表达开发意愿，但邯郸市委、市政府态度坚决：拆迁户异地安置，不回迁，不建高楼，不搞商业，要还绿地于民，还休闲空间于民。

漫步在邯郸市街头，街头游园不时映入眼帘，邯郸利用拆违的地块建成105个街头游园、113个片林，远远超出了300米见园、500米见场的绿化标准，难怪市民们由衷感叹"公园都修到了家门口了"。"各市务必要把项目建设的惠及点放在群众身上，不仅要手笔大、景观美，更要补功能、惠民生，切实把百姓身边的民心工程建设作为'三年大变样'的重点工作抓紧、抓好、抓实。"省城镇面貌三年大变样工作领导小组的这一要求，正在成为各市的生动实践。

小街小巷、便民市场、停车场、公共厕所整治建设，这些过去看似不起眼的"小事"，变成了各市"三年大变样"工作中着力抓的"大事"，城市在精细化的建设、管理中日益便民、整洁有序。

打造现代化城市，绝非一日之功。紧紧围绕人民群众的新期待，不断变，年年变，让群众看到更加美好的未来

（一）今年1月，省委督查室、省住房和城乡建设厅等部门组成的城镇面貌三年大变样重点工作评估组，向各市住房保障和拆迁安置户、机关和企事业单位工作人员、离退休人员、社区居民等发放调查问卷5500份。问卷调查显示，城镇面貌三年大变样满意率达95.2%；认为"三年大变样"工作给生产生活带来较大变化和一定变化的群众占97.98%。

为什么城镇面貌三年大变样工作得到了社会各界的广泛理解、拥护和支持？

归根结底，是省委、省政府作出的这一重大决策，抓住了以人为本这个核心，既符合党中央、国务院要求，又契合省情和广大人民群众的愿望。

"三年大变样"是一次科学发展的大检验，始终把人民群众共享城市文明成果作为城市发展进步的重要体现，努力把城市建设成环境优美、生活舒适的居住地，为人民群众创造良好的生活环境。"三年大变样"推动城乡协调、良性互动，是我省推进科学发展、和谐发展的生动实践，并展现出更加广阔的发展前景。

但是，"三年大变样"，我们还远没有到松口气的时候，需要的是一鼓作气，一以贯之，始终做到认识不动摇、工作不松劲、力度不减弱。

（二）就全省情况看，"三年大变样"五大类19项目标中，有不少具体指标完成的难度还比较大。

在环境质量方面，个别重污染企业搬迁进展不快，中心城区的公共绿地人均指标偏低；在承载能力方面，城建融资能力不强，人均道路面积、公共交通出行率等指标偏低；在居住条件方面，城中村改造面临较大压力，旧小区改善内容不全面，保障性住房建设进展不平衡，工矿棚户区改建刚刚起步；在现代魅力方面，违章建筑还未全部拆除，精品建筑、标志性地段不多，景观建设品位不高；在管理水平方面，公共事业欠账较多，环境卫生没有得到根本改善，公厕、废物箱、停车场等设置密度较低，管理手段总体上比较落后。

2010年，"三年大变样"工作进入关键之年、攻坚之年、决战之年。各地大手笔城建项目密集开工，以更大的魄力、更高的标准、更强的力度深入推进各项重点工作，推动"三年大变样"向纵深发展，确保我省城市现代化进程第一个三年目标圆满实现，并为三年上水平、三年出品位奠定坚实基础。

气势恢弘的乐章中，民生依然是各项建设最鲜明的特色、最强劲的音符。我们坚信，紧紧围绕人民群众的新期待，不断变，年年变，更多百姓的笑脸，将会在更多的地方，幸福地绽放。

（原载2010年5月22日《河北日报》）

2010: "三年大变样"上水平出品位

袁伟华

2010年将是全省城镇面貌三年大变样工作第一阶段的第三年，也被称之为"决战之年"。在今年的河北省政府工作报告中，"围绕三年大变样，着力加快城镇化进程"作为一项重点工作再次被放在了重要位置。而记者从我省三年大变样领导部门得到的信息显示，2010年全省城镇面貌三年大变样工作要以更大的魄力、更高的标准、更强的力度推进，确保城市现代化进程第一个三年目标圆满实现，并为三年上水平、三年出品位奠定坚实基础。

回望2009
让人心动的城市新变

□石家庄市民小胡：难忘西山雪景

"2009年初冬，我的一个朋友在槐安路高架桥上拍了一张令我至今难忘的照片，站在市内的高架桥上，石家庄市郊西山上的微雪清晰可见，我在石家庄生活了5年，但是对于如此透彻明亮的天空格外心动。"

数字：数据显示，2009年全省实施污染减排工程，强化责任考核和区域限批等措施，外迁、关停城市中心区重污染企业56家，拆除市区内烟囱2177根。2009年1月–10月份，设区市污染综合指数同比下降8.4%，二级以上天数增加6天。

□燕赵都市网网友王先生：29分钟车程的痛快

"市里开车最怕什么？堵车。最厉害的时候，堵得你恨不得把车踩扁了装兜里步行。要我说三年大变样最直观的感受，就是路越修越好，行车越来越方便。比如原来我从石家庄西边到东边，走上一个多小时是家常便饭，现在开车上槐安路、和平路、裕华路，基本上一脚油门。有一次我用了29分钟，心里那个痛快。"

数字：2008年以来，全省城市市政基础设施完成投资1180亿元，超过之前3年的总和，创历史新高。其中2009年1—10月份，全省城市市政技术设施完成投资740亿元，同比增长139.3%，石家庄、唐山完成投资超过160亿元。新建改造城市道路1800公里、各类桥梁150座，成为我省城建史上规模最大、投资最多、力度最强的时期。

□沧州市民杨勇：城中村蜕变

"沧州市区和沧县位置的重叠在全省情况都比较特殊。我所在的这个村虽然地处市区，但是原来实在说不上有城市的影子，道路不平、违章建筑多、出租屋人员混杂，治安欠佳。不过，随着城中村改造，我们村有望真正融入市区发展一体中去。"

数字：城市更新改造是"三年大变样"的重点工作。设区市城区累计拆迁8034万平方米，启动城中村改造280个，启动旧住宅小区改善330个，改善面积964.8万平方米。

□承德市民李鹤潮：棚户区改造后的安居生活

"我们家原来在承德市火车站附近，算得上彻底的棚户区，住房条件非常差。承德市最近两年住房保障搞得比较快，搞实物配租、棚户区改造。我们确是最大的受益者。"

数字：累计为10万户城市低收入家庭提供廉租住房保障，其中实物配租2.1万户。规范发展经济适用住房，竣工5.6万套。完成棚户区拆迁888.7万平方米，解决了其中5.3万户低收入家庭的住房困难。

个别突出问题仍待解决

在回顾全省"三年大变样"工作的总体进展时，相关部门并没有回避其中存在的突出问题。比如建设标准不高，还未走出小气、土气的旧思维，缺乏成片区综合开发、立体化配套建设的大手笔精品项目。自然和人文资源利用不充分，缺少有影响、有特色的精品街区和标志性建筑，文化、体育、会展等公共建筑普遍不足。

另外，城市建设资金仍主要依赖财政担保的银行贷款，投融资平台主体作用尚未充分发挥。此外还有城市管理相对滞后、相关人才短缺等问题存在。尤其值得注意的是，各县（市）工作进展并不平衡。

展望2010

民声征集

□ 燕赵都市网石家庄网友李工：正在进行的"三年大变样"工作中商业、居住、环境有较大改观，但忽略了小型产业的发展空间。提议市各区增设10-20个占地10亩至上百亩的小型产业园区。形式灵活多样、因地制宜，可建成标准厂房出租，可定向建造或购地自建等，并出台一系列优惠政策，吸引本市及周边地区电子、电工、IT、软件等人才来我市创业。在我市创建无污染的高新技术产业，为我市长期发展打下坚实的基础。

□ 本报读者王女士：我们县的拆迁改造工作进入2009年下半年之后进度好像感觉慢下来了。我所在的社区据说也在改造范围之内，但是迟迟没有明确的计划出来，希望2010年城镇改造的步伐更快一些。

□ 读者来电：个别地方拆迁补偿的机制看起来还是有些不规范，对于补偿标准的界定浮动很大，今后的拆迁改造能否更加透明？

2010年要上水平出品位

2009年底，省委、省政府办公厅印发了《河北省2010年城镇面貌三年大变样工作要点》，明确表示2010年全省城镇面貌三年大变样工作要以更大的魄力、更高的标准、更强的力度推进，确保城市现代化进程第一个三年目标圆满实现，并为"三年上水平"、"三年出品位"奠定坚实基础。12日，全省"三年大变样"工作领导小组一位负责人在接受本报记者采访时表示，"三年大变样"工作契合了全国经济工作会议和河北省工作会议对于发展城镇化，解决民生和产业发展问题的思路。因此除了要继续强化城市规划管理、城市更新改造、功能建设、保障性安居工程和城建投融资运营机制规范等几项重点工作外，尤其要推进大中小城市协调发展。

强力打造石家庄、唐山两大省域中心城市，加快发展壮大其他九个区域中心城市，支持一批条件好的县级市、县城加快向高标准中等城市迈进，建设一批高质量有特色的小城市。积极推进曹妃甸新城、黄骅新城和北戴河新区建设，着力打造转型式生态城。

省政府工作报告也明确提出了未来"三年大变样"工作的重心，即围绕加快城镇化进程，打好城镇面貌三年大变样攻坚战，要求全省在增强现代城市意识上有新提升、在改变城镇面貌上有新突破、在带动产业聚集上有新进展、在增强承载力上有新成效。

专家访谈

打造宜居利居和乐居城市——访省社会科学院经济研究所所长，省委、省政府决策咨询委员会副主任薛维君

记者：您一直强调要注意"三年大变样"的本质问题，您的观点中"三年大变样"的本质是什么？

薛维君：我们说"三年大变样"，更多的是注意到这个过程中城市改造建设的进程、城镇面貌的改观等等，但是我认为，"三年大变样"的实质是城市化综合进程的一个切入点，我们实际上是在拿"三年大变样"这样一个符号来表征城市化进程。所以当我们把"三年大变样"纳入到城市化战略中来考量时，就会把"三年大变样"当做城市化历史进程的一个阶段，其中的民生、产业等问题也都会有一个根本的出发点，那就是助推河北的城市化发展进程，使城市能够为更多农村人口提供稳定的就业岗位，进而实现城市化最表象的农村人口到城市人口的转变。

记者：您对今年的"三年大变样"工作前景有什么看法？

薛维君：今年是非常关键的一年。我认为从当前的环境来讲，至少有5个积极因素将助推这项工作。第一是今年的宏观经济形势将好于去年，经济基本

面为"三年大变样"的决战之年提供了基础；第二是"三年大变样"本身侧重的城市建设多涉及城市公共产品，而这些城市公共产品大多是由政府投资作为第一推动力的，而我们的政府在投资拉动方面经验非常丰富；第三个积极因素是，事实上当前城市化进程加速期还并没有结束，这是"三年大变样"向前迈进的整体背景；第四，2010年我省人均GDP有望达到3500美元，到达这样一个水平，客观上也要求我们的城市建设要因此进入转型关键期，实现由建设向管理、数量向质量、硬件向软件的转变，这为"三年大变样"进一步提供了空间；第五个方面，即"三年大变样"的惯性动力，将支持城镇化向前推动。

记者：从当前"三年大变样"的进程来看，我们也遇到了一些实际问题。

薛维君：不利因素当然也是有的。我认为可能集中在三方面。首先，政府债务负担问题，大量的投资还是依靠政府担保的银行贷款，如果计算成本的话，一定要避免透支未来的成效。其次是可能会受到城市发展空间的制约。以石家庄为例，目前城市空间是不足以支撑现有的人口发展的，尤其是拆迁改造之后，更要及时地扩容补充新空间。第三即城市建设和产业发展的关系问题，城建不能孤立起来，应该和发展产业、民生结合起来，比如重视城建与当地产业的培养，创造更多的就业岗位，这才回到了城市化进程的本意上来。

记者：您觉得未来这项工作的突破在哪？

薛维君：现在我们已经看到了"三年大变样"以及城镇化工作积极的转变。我认为下一个三年，应该更注重城市化进程中的三个基本要素，即业、城、人之间的关系，"人"是根本、"城"是载体，而"业"是城市发展的原动力，单纯强调某方面是不协调的。未来的城市管理和公共服务，比如交通管理和建设水平之间要更加协调发展。而按照"上品位"的要求，城市发展应该向宜居、利居和乐居的方向努力。

代表委员声音
建议给予县域发展更多优惠

省人大代表、魏县县委书记齐景海：建议省政府在审批各地城镇规划和土地规划时搞好结合，留足发展空间，促进全省县城及中小城镇快速发展；而

◎ 城市建设者

对于配套资金困扰贫困县发展的问题，建议取消或减免贫困地区基础设施和民生项目建设配套资金，同时，建立有实力的省直部门、大中型企业、科研院所对口帮扶贫困县机制，明确目标、跟踪问效，加大对县域经济的指导、帮扶力度。

"三年大变样"应强调多元化改造建设

民革河北省委员会政协提案摘录：建议树立多元化改造建设的思想，我省新一轮城市改造建设一定要防止和解决特色缺失问题，在拆迁拆违、城市功能建设的基础上，认真研究提升城市建设品位这篇大文章。

"三年大变样"需要文化的关切

省政协委员、省政协研究室主任谢禄生：一座好的城市一定是有品位的城市。我省城市"三年大变样"，提升品位是一个重要目标。我省的城市已经开始了这方面的探索，虽然这样的规划还不能解决品位问题，但已经突破了传统的规划理念。

不过从整体上看，我省城市的品位还不够，"三年大变样"实质上是对这种状况的一种文化觉醒。它的深层次意义在于，面对加速工业化和快速城市化的现实，城市建设应该做出什么样的回应。因此，"三年大变样"需要引起文化的更深关切。

（原载2010年1月13日《燕赵都市报》）

河北"三年大变样"两年多夯实百姓福祉

张 洁

　　"三年大变样"实施两年多来，带给河北省城镇百姓从未有过的惊喜与震撼——住房困难的低保户住进了功能齐备的廉租房；普通的城中村农户摇身变成了百万元户；两年前还住在老旧平房的人家，一下子成为拥有多套高档住宅的业主；省会市区由东向西几十分钟甚至一个多小时的车程，如今十几分钟便实现穿越；张家口市主城区的面积扩大了近7倍……燕赵大地此起彼伏、令人应接不暇的变化真是"忽如一夜春风来，千树万树梨花开"。

　　许许多多人都见证了河北省11个设区城市始自2008年4月极为壮观的"大拆"！一片片的旧城区、违章建筑、有碍观瞻的建筑被连片推平，干净利落，不杂一丝拖泥带水。力度之大前所未有！

　　有关部门提供的数字显示，2008年，全省设区市城区累计完成拆迁4168.4万平方米，是2007年全省拆迁总量的12倍。石家庄市拆除面积最大，达到953万平方米。2009年，各设区市深入推进拆违拆迁，拆迁面积4571.73万平方米。

　　拆之猛，令各地百姓异常惊叹；建之快，更令市民振奋！"石家庄速度"便在这种特殊历史背景下催生而出：常规速度需一年半才能竣工的槐安路高架桥工程、裕华路改造工程，仅用4个月完工；原计划18个月完工的和平路高架桥工程，8个月完成……短短几个月，省会城市面貌焕然一新。

拆的力度、建的速度超出了人们的想象，也激发了老百姓对"三年大变样"关注和支持的热情空前高涨！唐山市民的意见被吸纳到城市建设和改造中；石家庄、张家口和沧州等市的市民看城建、看规划、提建议，通过积极参与，切实感受到城市面貌的巨大变化，看到城市发展的美好前景。

"三年大变样"凝聚了人心！有关部门进行的问卷调查显示，98.79%的社会群众比较了解和知道城镇面貌三年大变样工作。

"三年大变样"的气势撼动了河北多年习性养成的近乎铁板一块的僵化、保守、小进即满、畏首畏尾。河北实现了一次精神飞跃。

孙燕北是省住房和城乡建设厅城镇化和行业改革发展处处长。与众多人一样，他是战斗在"三年大变样"第一线的一位普通干部。感受着"三年大变样"带给燕赵大地猛烈的冲击波，孙燕北有自己的深切感受："我深刻地感受到，通过'三年大变样'，我们升华出许多宝贵的精神财富，这是史无前例的。"

孙燕北说，他们在实践中遇到了很多新情况，可正是这些挑战，使他们思想活跃了，办法多了，越干越想干，越干越会干。越干在理念上获得的突破越多，实际工作中的创新就越多，越见成效。孙燕北的感受在全省干部群众当中非常有代表性。

全省新一轮城市改造建设就是在这样的精神风貌下全面展开了。大手笔、成片区、立体式、大规模、超常速度、超常力度、超常投入的强劲力量，使燕赵大地澎湃着勃勃生机。

张家口市两年来完成城建投资800多亿元，是过去30年的总和。主城区跳出三面环山的"包围圈"，新增面积252平方公里，比过去扩大了近7倍，一座以"河为脉、山为骨、绿为体、文为魂"的新型山水园林城市初显模样。

数据显示，2008年以来，全省累计完成市政基础设施投资1205亿元，相当于前5年投资的总和，是我省城建史上规模最大、投资最多、力度最强的时期。其中，2009年完成市政基础设施投资838.06亿元，同比增长190%，创历史新高。全省谋划实施了156项重点工程，涵盖大型公共建筑、重大基础设施、园林绿化和滨水环境建设、重要功能片区建设、主要街道景观整治等五大类。设区市两年累计新建改造城市道路1800公里、各类桥梁150座；新增供热面积7500万平方米，供气能力30万立方米/日。张家口市两年新建和改造城市道路220公里、跨河大桥15座，新建立交桥20座，城区路网体系基本形成。保定市对城区内排水管网进行改造，新铺设排水管道3万多延米，基本实现了主城区雨污分流。

今年，全省又筛选出100项重大项目，涉及街道景观整治、大型公共建筑项目、重大基础设施项目、重点园林绿化和滨水环境建设项目、重要功能片区建设项目，总投资1461.6亿元，其中今年计划完成投资983.9亿元。截至目前，100项重大项目已开工58项，完成投资113.4亿元。

河北省城镇化进入了历史上速度最快、力度最大、水平最高、成效最好的时期。

110家国内外一流规划单位来到河北，承担了全省534个重点项目。他们以前瞻性大手笔，为各市描绘城镇发展的新蓝图。各设区市两年来规划编制经费累计达到11亿元，超过2007年以前5年的总和。石家庄市确定了"一城三区三组团"的城市空间布局结构，提出了"远期人口规模为500万"的发展目标，为省会长远发展奠定了坚实基础。唐山市、沧州市凸显沿海区位优势，以曹妃甸新区、渤海新区开发建设为带动，打造区域发展增长极。承德市稳步推进"拓城"、"中疏"战略，城市发展方向和城建工作思路越来越清晰。

各市初步确立了中心城区与周边县（市）一体化发展、同城化管理的格局。

城市容貌整治一改过去拆拆补补、修修洗洗刷刷的做法，而是着眼于提升品质，大力实施景观环境整治建设，唐山市南湖公园、沧州市体育中心片区、承德市武烈河生态文化长廊、张家口市清水河整治、邯郸市赵王城遗址公园、衡水市滏阳河整治、邢台市七里河整治等项目，成为展示城市特色的亮点工程。

全省实施城市主要街道两侧既有建筑外观改造和街道景观整治，完成街道整治84条、建筑改造6911栋，涌现出廊坊市金光道、石家庄市裕华路、秦皇岛市保二路等为代表的示范工程。

"三年大变样"，因民生而变，为民生而变。河北省确定的城镇面貌三年大变样五个方面若干量化指标中，居首位的是大气和水质量的改善，就是要让百姓呼吸新鲜的空气，喝上放心的水。

两年来，各市大力实施污染减排工程，加强生态环境建设。设区市累计外迁、关停城市中心区重污染企业56家，拆除市区内烟筒2177根。石家庄市拆除水泥机立窑120多座、分散燃煤锅炉300多台，消减燃煤350多万吨，可吸入颗粒物比2007年下降了19%。设区市主城区新增园林绿地4700公顷，人均公园绿地面积达到9.5平方米。列入目标责任状的污水、垃圾处理设施全部开工，所有设区市污水、垃圾处理率均提前完成三年目标。

数据显示，2009年，所有设区市全年达到和好于二级天数均超过310天，8个城市空气质量达到国家二级标准。

有关部门进行的问卷调查显示，群众对城镇面貌三年大变样的满意率达95.2%,认为"三年大变样"工作给市民的生产生活带来较大变化和一定变化的群众占97.98%。市民们普遍认为城市的水变清了，天变蓝了，路变畅了，气变爽了，景变靓了。

将住房保障与旧小区、棚户区及城中村改造等民生工程纳入到城市改造的体系中，极具河北特色，这也正体现了"三年大变样"的民生内涵。

两年来，12.46万户城市低收入家庭享受到了廉租住房保障。5.65万户人家住进经济适用房。285个城中村启动改造，86个已完成改造。888.7万平方米棚户区完成拆迁，同步解决低收入家庭住房困难户数5.68万户。316个旧住宅小区得到改善，改善面积1100万平方米，受益户数15.5万户。竣工回迁房6.9万套，安置4.8万户。

改善民生就是"三年大变样"的着眼点和立足点。沧州市启动12个农贸市场建设，开发6万平方米平战结合的地下商业街，增加就业岗位8000多个。邯郸市利用拆违腾出的地块，建成街头游园、片林、停车场、便民市场、公厕各100多个。唐山市全面实施震后危旧平房改造，保定市实施府河、西大园、清真寺三大片区危陋住房改造，邯郸市大规模改造五仓区棚户区……

由权威部门提供的《关于全省城镇面貌三年大变样重点工作评估情况的报告》称，2008年以来，各市党委、政府坚决贯彻省委、省政府决策部署，把城镇面貌三年大变样作为重中之重的战略任务来抓，解放思想、开拓创新、真抓实干，各项重点工作取得阶段性成效，五项基本目标确定的主要任务（城市环境质量明显改善、城市承载能力显著提高、城市居住条件大为改观、城市现代魅力初步显现、城市管理水平大幅提高）均已完成2/3以上（以省委、省政府"两办"下发的五个方面若干项量化指标为考核依据），石家庄已完成70%以上。与省政府签订的住房保障、污水和垃圾处理设施建设责任状所确定的目标任务按计划全面推进。

两年多的变化并不等于达标。《评估报告》指出，城镇面貌三年大变样工作还存在一些问题，距上水平、出品位、生财富的要求还有不小差距。

省委书记张云川在全省经济工作会议上明确指出：目前的改造建设只是整治性的，还没有进入上水平、出品位、生财富的建设性阶段。河北的城镇发展原本就滞后，在全国各地都在加快城镇现代化建设的情况下，很难在短时间内完成"补课"与"赶超"的双重任务。因此，我们既要看到城镇面貌的新变化，更要看到人民群众的新期待，看到城镇改造建设任重道远，一鼓作气，一以贯之地把这项工作抓下去。

今年是"三年大变样"攻坚之年、决战之年。各市都摆出了冲刺的姿态。年底全省将对"三年大变样"成果进行全面考核。省委、省政府要求各市要对照五项基本目标，认真查找差距，明确重点任务，倒排工作时间，继续实行领导干部分包责任制，把完成指标落实到具体项目上，体现在工程进度和质量上。在抓好城市整治的同时，要着眼于未来发展，进一步拓展空间，优化布局，提高基础设施的现代化水平。

"三年大变样"的成果，直接关系到构建符合河北现代产业体系的成效，关系到经济发展方式的转变，关系到富民强省的宏伟大业。只有加快新一轮城市改造的步伐，才能更好地繁荣城市经济，进而以城带乡，活跃经济全局。

河北城镇、河北城镇百姓还需要很多这样的三年之变。

（原载2010年5月30日《燕赵都市报》）

更是民心工程民生工程

——细数三年大变样、推进城镇化带来的"城之变"

林凤斌　李文亮

"三年大变样、推进城镇化，既是城建工程，更是民心工程、民生工程。"6月30日省会东里街道党工委书记袁俊兰在河北省庆祝建党89周年座谈会上讲的这句话，说出了百姓对河北省实施"三年大变样、推进城镇化"战略带来新变化的真切感受。

作为"三年大变样、推进城镇化"的主要目标之一，全省各地以改善水环境和大气质量为核心，倾力为百姓创造高质量的宜居环境。

6月29日早晨，站在自家高层住宅的阳台上，河北科技大学的张秋玲又一次远望西山。"以前天空经常灰蒙蒙的，西边的山连个大致轮廓都看不见。现在好天儿多多了，看得非常清楚。"张秋玲拿出去年冬天拍摄的一幅图片给记者看，画面中高楼林立，在蓝天白云的映衬下，远处西山上的皑皑白雪清晰可见。

"居住舒适是一个城市的主要建设目标之一，一定要让老百姓呼吸上更多的新鲜空气。"搬迁重污染企业，推行清洁能源，整治城区水系……"三年大变样、推进城镇化"工作一开始，改善环境质量、让城市更加宜居就成为各市不约而同的一致选择。

　　两年多过去了，众多百姓感受到变化最大的除了有更多的蓝天白云外，还有北方城市难得一见的醉人水景。

　　200万平方米的水面、800米长的沙滩，蜿蜒的木栈道、清凉的戏水区……虽然尚未完工，但滹沱河4号水面自6月18日开始蓄水以来，一些市民就迫不及待地赶去先睹为快。

　　"特别震撼！"家住石家庄市百合园小区的张静，用这样的词汇形容自己的感受。她和爱人这几天每天都要骑着电动车前去看水。整治河道、去污还清、添绿造景，石家庄市的滹沱河、张家口市的清水河、承德市的武烈河、邢台市的七里河、秦皇岛市的大小汤河、邯郸市的滏阳河……这些与城市长期共生的河流，正在同时焕发着新的光彩。

　　2009年，全省11个设区市市区二级及以上好天数平均达到334天，同比增加10天，比2005年增加39天。石家庄市的二级及以上好天数达到317天，同比增加16天。各设区市取缔改造燃煤锅炉1697台，完成中心区44家重污染企业改造搬迁和278项污染减排项目建设。

　　"路畅心更畅。"无论是城市的主次干道，还是小街巷，路更宽更通畅了，配套设施更完善了。大规模的道路建设带来的不仅是出行的便捷，更是"做城市就是做民生"理念的深化。

　　"以前走和平路，一堵车就是个把小时。现在，从红军大街到青园街，四公里的路程几分钟就到了。"出租车司机王天顺对省会去年以来道路交通的巨大变化体会更深。

◎ 石家庄西清公园晨景

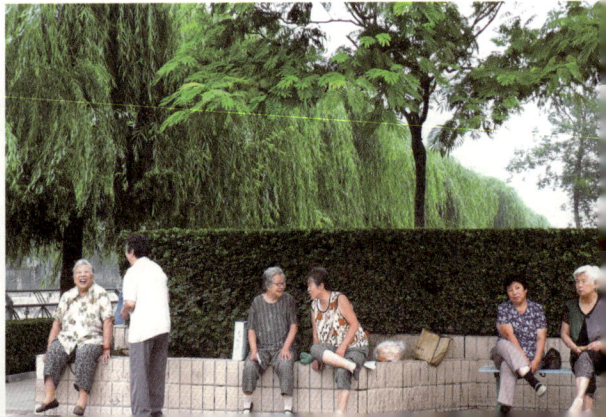

　　2009年之前，石家庄市连一条城市快速路都没有，就在去年一年内，该市不仅完成了石环公路、裕华路迎宾大道等重点交通工程的建设，还一口气完成了和平路、槐安路和二环路3条快速路的改造建设，使城市路网体系日趋完善。

　　据石家庄市交管局测算，如今槐安路的汽车通行量由4000辆/小时提高到了8000辆/小时，裕华路的汽车通行量由4000辆/小时提高到了5000辆/小时，二环路的汽车通行量则由4000辆/小时提高到了11000辆/小时。

　　不止石家庄，张家口改造打通了清水河两岸的滨河路、钻石路等多条断头路、卡脖子路；秦皇岛完成了建设大街、民族路北延等新改建工程；唐山全线改造了建设路、北新道等主干道……一项项道路工程的完工，让城市的道路变得更加顺畅、让百姓出行变得更加便捷。

　　主次干道事关城市形象，而小街巷更与市民的生活息息相关。各市彰显"做城市就是做民生"的理念，把整修小街巷放在了与主次干道建设同等重要的地位。

　　去年，石家庄市整修了304条小街巷，几乎是前五年整修总数的2倍；5.4亿元的投资，相当于过去一年整修资金的30倍，使170个小区的近百万居民从中受益。今年，该市又根据群众要求，投资1.5亿元对50条小街巷进行了整修。

　　截至目前，石家庄、秦皇岛、唐山、邯郸已基本完成城市道路交通建设和小街巷整修预定目标。石家庄、唐山、秦皇岛、邢台、沧州、廊坊人均道路面积达到15平方米，其他城市达到13平方米。

　　"搬新家、住新房，长远生计有保障。"住房是最重要的民生问题之一。

城中村改造、棚户区改建、老旧小区改善以及保障性安居工程建设，让更多城镇低收入群体感受到了城镇面貌三年大变样给自身带来的实惠。

"终于见着太阳了。住平房那会儿，一年四季都很少能见到阳光。"承德市双桥区碧峰家园小区的王淑梅，对于今年4月刚搬进的新居十分满意。

过去，王淑梅一家和她的小叔子、公婆等三代共11人，在低矮简陋的几间小房子里一住就是20多年。2008年，承德市将棚户区改造列为一号民心工程，强力推进碧峰门、酒仙庙、会龙山、迎水坝四大片棚户区的整体拆迁改造，共涉及居民6000余户、近2.3万人，占市区棚户区人数的90%以上。"我们4个小家共分到了两套64平方米和两套73平方米的房子。如果没有这次大规模的棚户区改造，这样的好房子我们是想都不敢想啊。"

同样因为感慨于居住条件的巨大变化，平日里喜欢舞文弄墨的石家庄市裕华区大马村村民邢文书，写下了这样一首表露心声的小诗："城市大建设，改造城中村……处处是商铺，日日进万金。广厦万千间，村民尽欢欣……"破旧的城中村改造成了花园式社区；户户住新房，家家有商铺；集体经济从无到有、从小到大，村民变成了股东——有着近500年历史的大马村，在城中村改造中演绎了一场精彩的"蝶变"。

2008年初，省政府出台《关于解决城市低收入群众住房问题的实施意见》，提出到2010年，解决23.8万户城市低收入家庭的住房困难，完成设区市市区旧住宅小区改善和棚户区、危陋住宅区改建。

到5月底，全省设区市建成区内的360个城中村，已启动改造267个，改造完成94个，启动率、完成率分别为74%和26%。其中，石家庄、唐山、邢台市的城中村改造启动率达到100%。

今年初到4月底，各设区市已落实新建廉租住房项目69个、17839套，占今年责任目标套数的71.4%；已落实新建经济适用住房项目65个、23760套。

（原载2010年7月1日《河北日报》）

村民变市民　文明大跨越

——河北省城中村回迁居民区文明生态小区创建活动纪实

霍晓丽

适应回迁居民期盼，细化创建目标，扎实开展创建工作

"以前村里没有污水管道，道路不平，垃圾四处堆放，我们家冬天自己烧煤取暖，弄得烟熏火燎还不暖和。现在村里每个拆迁户得到的安置面积是300平方米，不仅屋子大了，而且环境也好了……"8月9日，居住在大马庄园的阎志永谈起"村民变市民"的生活变化十分感慨。

随着城镇面貌三年大变样进程中城中村改造提速，越来越多的城中村居民像阎志永一样告别了以往脏、乱、差的居住环境，入住现代化小区。

居住环境的变化，呼唤着文明素质的提升。生活方式的改变，期待着文明习惯的养成。如何使村民成为文明的新市民，更好地融入城市生活？今年以来，省文明办在全省11个设区市组织开展了城中村回迁居民区文明生态小区创建活动。

各市成立了创建工作机构，4月中下旬，组织园林、文化、民政、城管、公安等部门深入城中村回迁居民小区，通过走访街道、居委会、业主委员会，召开座谈会、入户调查等形式，了解掌握城中村回迁居民小区的基本情况、创建基础、居民需求。在广泛摸底调研的基础上，确定了1—2个城中村回迁居民小区为文明生态小区创建活动试点小区。按照"绿色、文化、和谐、清洁、平安"的创建要求，制定具体的创建方案，细化创建目标，分解创建任务，扎实抓好创建工作。

让"变身"社区的村庄更加和谐宜居。活动中，各市大力改善试点小区人居环境，提高居民生活质量。石家庄亚龙花园小区成立了36人组成的环卫部，负责小区内日常道路、走廊保洁、垃圾清运以及草坪、树木浇灌、修剪等工作。承德兴盛丽水小区组织居民开展植树增绿、绿地树木认养等系列活动，绿化美化小区环境。邯郸滨湖小区建立了图书阅览室、网吧，每周定时向居民开放，小区还设有专门的文化和体育辅导员，组织居民经常性地开展丰富多彩、内容健康的文化体育活动。张家口市前屯新天地小区开展了"亲情日"、"邻里日"等倡导互助友爱的主题活动，引导居民树立"以小区为家"的意识，增添小区和谐氛围。

让"变身"市民的村民成为名副其实的文明人。秦皇岛市金龙花苑社区投资千余元，在社区醒目处制作《文明秦皇岛人行为规范》、"十要十不要"为主要内容的宣传栏、宣传板报，开展了"文明宣传进社区、居民手册进家庭、行为规范进楼道、身边典型进报台"主题活动。石家庄市大马庄园小区、保定市郭庄小区深入开展以文明装修、文明养宠物、文明娱乐、文明停放为主要内容的"四个文明"道德实践活动，并根据小区实际情况，制定相关的自律条约，如装修公示制，娱乐区域制、停放指定制、宠物责任制等。

活动中，各市积极引导居民广泛参与创建活动，在参与中进行自我教育、自我管理、自我提高。沧州市颐和家园小区成立了3支治安监督小分队，队员都是由一些离退休且热心于公益事业的小区居民组成。每支队伍轮流每天一次在辖区遛弯散步的同时，巡视监督可能发生的矛盾隐患，一旦发生情况及时上报社区居委会或警务室，收到了良好的效果。

建成"绿色、文化、和谐、清洁、平安"新小区，实现了文明大跨越

随着创建活动的开展，一个个城中村回迁居民区建成了"绿色、文化、和谐、清洁、平安"的新小区。

环境优美，活动丰富，治安良好，看到社区前后的变化，沧州市颐和家园小区居民陈德山感慨地说："在这样的小区居住，每一天的心情都很愉快。这都是建设文明生态小区给大家带来的好处。"

文明生态小区创建活动增强了城中村居民的文明意识，提高了居民的文明素养。颐和家园小区所在的曙光社区一位工作人员介绍说，原来，一些居民还有随处扔垃圾、吐痰、高空抛物、楼道内乱堆乱放物品等陋习，现在这种情况已经大为改观。

文明的新风，荡漾在"蝶变"后的城中村中。

自小区开展居民家庭"绿色消费"主题宣传活动后，石家庄市大马庄园许多居民"从小事做起，从自身做起"，自觉节能减排。采访中，该小区71岁的宋国华大爷兴致勃勃地告诉记者："我家的灯具都已更换成了节能灯，卫生间里安了节水设备，实行一水多用，洗手、洗菜的水能冲厕所，出去买菜时我也不忘带个布袋子。"

城中村回迁居民素质提升，是一个长期的系统工程。石家庄市裕华区文明办主任葛继中介绍说，随着城中村改造的快速推进，预计到2012年底，该区将有10万城中村居民回迁新居。为此，他们结合城中村回迁居民区文明生态小区创建，在回迁居民中开展了"争做文明新居民"活动，计划利用三年左右的时间，通过加强文明素质教育阵地建设、开展主题鲜明的文明实践活动、繁荣城中村回迁居民的文化生活等举措，提高回迁居民的思想道德素质和公共文明素养。

"让村民树立文明健康的生活方式，养成文明生活的习惯，需要建立一定的长效机制，用制度管人理事。"葛继中表示，他们会通过建立各种激励约束机制，比如倡导各新建小区建立"文明点评台"、"道德众议院"等群众性自律组织，对文明新风大力弘扬，对不文明行为公开曝光。把居民文明素质的现实表现与村（居）民福利分配和股份分红挂钩，形成努力践行文明的浓厚氛围。

（原载2010年8月13日《河北日报》）

以改善民生为出发点和落脚点
城市建设成果惠及更多居民

石 言 艾秀廷

惠及3万多居民的全省最大旧城改造项目五仓区综合改造工程全面启动，占地150平方公里的冀南装备新城正加紧建设……近年来，邯郸市城镇化建设努力做到"有内涵、真惠民、聚财富、利长远"。

8月20日一大早，吴良泽和往常一样，从家中步行来到小区附近的经纬园散步。"只几分钟就能走到小游园，我每天都来这儿转转。"吴大爷乐呵呵地说。

漫步邯郸街头，一个个小游园如珠落玉盘般镶嵌在大街小巷。这些游园，或时尚大气，或精致小巧，或古朴典雅，为市民休憩、娱乐、健身提供了便捷多样的空间。

在城镇化过程中，邯郸始终以改善民生为出发点和落脚点，让建设成果更多体现在群众的笑脸上。经过这几年的快速建设，邯郸的高楼多了、夜晚亮了、道路宽了，环境越来越好，已建成的18个公园、24个广场、114个街头游园，让市民在茶余饭后有了更多的好去处。

城市拆违、拆迁后形成的空地，没有一律建门脸、搞开发，而是根据实际需要，就地建设了100个小市场、60个快餐亭、100个停车场、100个公厕，让市民真正感受到了城市生活的畅心、舒心。

大力推进棚户区改建、旧小区改善、城中村改造。今年，邯郸市区的住房保障户由1.5万户增加到2.8万户，28个城中村、58片棚户区改造改建工程全面启动，将使更多居民住上宽敞明亮的房子。

让老百姓的出行更便捷。邯郸机场已实现通航，京广、邯长、邯济铁路，以及京珠、青兰两条高速今年都将建成完工，邯郸至中原经济区城市将形成1小时交通圈。主城区内，主次干道300米内就有公交车站，50分钟可达主城区内任一地点，"四位一体"交通网络为市民提供了更多便利。

"三年大变样、推进城镇化"带来的不仅仅是城市的变化，200个省级新民居建设示范村已有182个开工建设，农民的生活条件大为改善，生活品位也得到了提升。

（原载2010年8月25日《河北日报》）

化"庄"为"城"开新天

——石家庄全力推进城镇面貌三年大变样纪实

王方杰

一个个标志性建筑拔地而起，一条条道路在拓展延伸，一栋栋楼房在美化亮化……

石家庄天蓝了，树绿了，马路宽了，城市豁亮了。

"我生在石家庄，长在石家庄，工作在石家庄。过去人家批评石家庄土气、落后，我们总是抬不起头，现在终于可以扬眉吐气了！"石家庄市规划局局长王晓临说。同他一样，石家庄人的自信心、自豪感、归属感油然而生。

一场前所未有的城市建设攻坚战正在石家庄打响。

石家庄市把城市建设作为保增长、扩内需、调结构、惠民生的重大举措，以超常的决心、超常的力度、超常的举措，强力推进总投资1111亿元的5大类、146个城建项目，掀起了新中国成立以来、也是石家庄建市以来最大规模的城市改造工程。一年多时间拆除各类违章建筑，低矮、危旧房屋1200万平方米，超过全市建筑总面积的13%。仅今年一年的城建投资就达552亿元，相当于前4年半的总和。

"石家庄太需要改变面貌了！"

"石家庄城市拆迁改造工程，不仅是河北省委、省政府保增长、扩内需、惠民生、应对国际金融危机的重大举措，也是推进城市化战略、统筹城乡发展、破解河北尤其是石家庄发展瓶颈的必然选择。"河北省委副书记、石家庄市委书记车俊如是说。

河北的城镇化严重滞后，尤其是城市化率只有18%，低于全国10个百分点。作为河北的省会，石家庄本应是个辐射广泛、带动力强劲的中心城市，但城市人口只有200多万，要带动所辖770万郊区人口甚至是全省的经济发展，显然力不从心。

石家庄是人民解放军解放的第一个较大城市，曾是"新中国的摇篮"——华北人民政府所在地，更孕育了"党中央最后一个农村指挥所——西柏坡"的辉煌。但这座有着光荣历史的城市，直到1968年才成为河北的省会。由于成为省会时间短，又在京津两个特大城市的覆盖下，石家庄显得破旧、土气和落伍。直到进入21世纪时，全市仍没有一条高架路，没有一座像样的立交桥，违章的低矮房屋随处可见，道路狭窄，车流拥堵，大树稀缺绿地少，空气污染粉尘多。在灰蒙蒙的天空下，甚至连石家庄人都自嘲为"天下第一庄"。

"石家庄太需要改变面貌了！"这是石家庄市民在科学发展观学习实践活动中表达出的强烈期盼。

"石家庄是7000万河北人的省会，是全省的第一形象、第一窗口，必须在三年内在改变城市面貌上做出重大突破，为全省做出表率！"这是河北省委、省政府的明确要求。

"我们必须抓住这一重大机遇，把石家庄建成一个文化、生态、宜居的省会城市，建成京津冀经济圈内的第三增长极。"2008年初，石家庄市启动了城镇面貌三年大变样行动。他们对城市发展进行了重新定位，决定到2020年将城区扩展为"一城三区三组团"的空间架构，将人口提升到500万人，建成中国现代药都、华北商埠，现代装备制造、循环化工和信息产业基地。

一次脱胎换骨的大手术，一场大拆大建的攻坚战

"没有大拆就没有大建，没有脱胎换骨的变化，石家庄不可能变成现代化的大都市。"

站在新的城市定位上，石家庄城市改造任务十分艰巨。市区狭小局促，建筑低矮破旧、密密麻麻，人口密度太高。城市主干道两侧，宾馆、商场门前甚少开阔地和绿地，甚至没有停车场。道路狭窄弯曲，丁字路、"断头路"比比皆是，偌大的市区没有一条快速路，高峰期行车如蜗牛爬行。基础设施落后，"城中村"住房基本没有上下水，没有暖气。

"拉开城市框架，拓展延伸城市主要道路，完善城市基础设施，改善群众居住环境。"市规划局局长王晓临说，"历史欠账太多！靠单纯的修修补补、小打小闹根本解决不了问题。"

正值国际金融危机来临之时，实施这样超强力度的城市改造，也带来了前所未有的冲击：一下子拆除这么多房屋，牵涉面会不会太大，会不会造成社会不稳定？资金从哪里来？一时之间，人们议论纷纷，疑虑横生。

面对议论，石家庄市委、市政府的态度坚定不移："推进城市化进程，不仅是拆拆建建的问题，而是贯彻科学发展观，保增长、扩内需、保就业、惠民生的重大举措；是聚集产业、聚集人才、聚集技术，做大城市规模、提高城市承载力和辐射力、提高城市品位的重大机遇！"

石家庄市委以拆除办公楼为突破口，全力推进城市拆建。40亩大的市委办公大楼，原是占用长安公园绿地建起来的。今年5月，石家庄市委决定搬迁到别处办公，还绿于民。在50天时间里，不仅拆除了3万多平方米的办公大楼，而且种上了绿树和草坪。"七一"前夕，在原办公楼址上已是一片浓绿了。

经过省市两级党委政府的全力推进，石家庄市2008年拆除城市危旧房屋、低层建筑、违章建筑906万平方米，今年又拆除各类建筑235万平方米，两项相加，占全市建筑面积的13%。其中仅在今年3月10日至31日，就拆除了37万平方米。

拆迁速度惊人，建设速度亦是惊人。槐安路高架桥工程、裕华路改造工程，正常时间需要一年半才能竣工，结果4个月完工；原计划18个月完工的和平

◎ 还绿于民——石家庄市委旧址

路高架桥工程，8个月即告完成；5个城市广场建设、二环路拓宽改造工程、304条背街小巷改造工程也将在年内完成……

今年上半年，全市城镇固定资产投资总量和增速都位居全省第一，其中仅城建投资完成454.6亿元，同比增长63.5%，拉动城镇投资增长29.2个百分点，拉动GDP增长2.5个百分点；全市财政收入同比增长10.14%，其中"三年大变样"投资提供财政收入11.2亿元，同比增长23%。今年以来，全市基础设施建设为社会提供了13万个就业岗位，占城镇就业人员的16.9%，并带动相关行业增加了26万个就业岗位。

要建大马路，也要改造好背街小巷

拆除规模如此之大，拆建速度如此之快，牵涉范围如此之广，但是在拆迁过程中，没有出现一例强制拆迁，没有发生一起拆迁安全事故，没有引发一起涉及拆迁的治安事件，没有引发一起群体性事件。

秘诀何在？石家庄市市长艾文礼笑言："我们在拆迁重建当中，坚持以人为本，坚持依法和谐拆迁，坚决维护群众利益，最大限度地惠及群众。"

石家庄制定的货币补偿方案提出，在规定时间签协议的，每个房产证还可追加奖励5000元、每平方米追加奖励100元。有的"城中村"改造，拆迁户除得到300平方米的住房外，还分到了25平方米的商业门脸的经营权。政府还积极为拆迁户提供临时过渡房和免费搬家等服务。市政府将筹集2800套廉租住房的任务提高到5500套，新开工的63.4万平方米的经济适用房已经全部封顶，其中两个小区已完成公开销售。

目前，全市26个"城中村"，257栋、439万平方米的回迁楼已全面开工建设。市委常委、副市长王大虎说："到过年时，每个搬迁户都能在新竣工的回迁房中吃上饺子。"

在谋划建设重大项目的同时，石家庄市委、市政府广泛征求群众意见和建议，精心筛选确定了15大类、1557项民生工程。在去年改善40个旧住宅区的基础上，今年对全部110个旧住宅小区实施了改善提升工程，还筹资6亿多元，对全市304条背街小巷实施改造。不仅整修了路面，还彻底解决了困扰居民几年甚至几十年的照明、排水问题，并进行绿化。到9月底所有工程全部竣工，可惠及100多万市民。

400米长的外贸街，只有8米宽，建成40多年来，从未进行过维护。随着人走车轧，路面坑洼不平，灰尘四起。一旦下雨，则积水一片，附近居民要雇三轮车才能进出。今年市里投资190多万元将其改造成了混凝土路，两侧铺上了彩砖，架设了漂亮的路灯，栽上了树。60岁的社区居民冯玉珍感动地说："我在这里住了40年，也盼了40年，现在出门终于不愁刮风下雨啦。"

"石家庄速度"惊燕赵

石家庄市建设局局长李文昌兴奋地告诉记者，城建大攻坚，创造出令人震惊的"石家庄速度"，也创造了许多全省甚至是全国纪录。

过去修一条十几公里的路需要一年半甚至两年时间，现在仅需要4个月甚至更短时间；过去拆除200多户、3万多平方米的建筑需要一两个月时间，现在仅需要11天；全市仅有四条主干道，过去修一条都再三斟酌，害怕造成交通拥堵，今年却同时修了三条主干道；过去，一条路拆开之后，至少一到两年时间才能完工，这次仅用了4个月；投资30.5亿元的二环路要从对开4车道改造成对开10车道，投资超过30亿元，是迄今全省城市道路中投资最大的单体工程；4个月完成20亿元城建投资，此前在河北没有先例。

"没有干部作风的转变，一切都是不可能的。"车俊说，"在沉痛反思三鹿事件的过程中，在学习实践科学发展观活动中，石家庄干部顺应民意，奋发有为，不讲理由、不讲条件地投入城建大攻坚行动，重塑了求真务实、执政为民的崭新形象。"

市委每月至少召开一次调度会，市政府每周召开一次例会，督查进度，解决问题。每个重点工程由一个市级领导包干，带领一套班子，保证24小时有人在工地。项目负责人还要向全市人民承诺保质保量完成任务，否则自动辞职。环境、供水、供电、通信部门，全部盯在施工现场，发现问题，随时解决，保证事不过夜。过去完成房地产项目审批需要半年左右时间、166枚公章，现在仅需要10个工作日、23枚审批章。市"三年大变样"办公室主任、市政府副秘书长董玉辉说："这里每天24小时值守，最多一天调度七八次，好多同志都顾不上回家。"

过去市政建设"肥水不流外人田"，施工单位百分之百是石家庄自己的队伍。这次全部打开城门，对外招标，引进了一大批"中"字头、"国"字头的设计和施工单位。李文昌说，正是有了设备一流、工艺先进、国内顶级施工单位的参与，石家庄城市攻坚战才连创新纪录。裕华路施工图，正常设计需要180天，最后23天就完成了。过去，完成高架桥一片梁的时间是28天，因为施工企业采用了蒸汽养护新技术，现在缩短到了3天。

"与过去相比，关键是大家的思维理念和精气神变了。"王大虎表示，过去是给多少钱办多少事，现在看需要干多少事，去找多少钱。过去每年市政基础设施投资三四十亿元，现在一年就接近200亿元。通过改革投融资体制和机制，目前已完成融资442亿元，正在洽谈638亿元。市政府还与中国冶金科工股份有限公司正式签署了投资500亿元的城市综合项目协议。

动员一个城市的力量

"石家庄城镇面貌三年大变样行动是有史以来投资最大、动员人数最多、社会参与度最高、影响最深远的一次城建大攻坚。"艾文礼反复对记者讲，"在这场大攻坚中，广大干部群众、机关企事业单位、社会各界人士，都给了我们极大的理解和支持，我们动员和聚集了一个城市的力量。"

"省会城市的建设，如果离开了省委、省政府的强力支持，是决不可能的事。"在过去的一年半时间，河北省委书记张云川、省长胡春华先后四次率领有关厅局为石家庄擂鼓助威，现场听取汇报，现场督促进度，现场帮助解决问题。

省直部门、各事业和企业单位也全力配合，鼎力支持办公楼改造和亮化、美化工程。一年多来，沿街两侧可视范围内，所有单位都实施了综合整治，粉刷和正在粉刷楼宇2200多栋，完成和正实施"平改坡"楼房近1500栋，拆除防护网、退阳台，沿街景观容貌焕然一新。

在三条主干道施工期间，市政府提出"保质量、保安全、保通行、保工期"。这本身是矛盾的，但没有任何人有怨言。市政府统筹安排，提前打通了94条支道，防止出现拥堵。市交管局副局长金永安说，在从3月1日到7月1日中间，3400多名交警奋战在各个路口为群众导航，每天工作8小时以上。从2月25日到4月25日，共发生了4000多起交通事故，但没出现一个堵点。市建设局125人，分成11个督导组，24小时盯在11个标段上，搞督导、搞服务，确保工程安全、质量和进度。从3月1日到6月30日，投资21亿元的裕华路、槐安路改造工程共使用混凝土40万立方米、钢筋6万吨，铺装沥青混凝土31万立方米，四个月完成了正常情况下一年才能完成的工程量！

目前，全市有建筑工地2700多个。每逢遇到交通不畅时，石家庄市民都会非常理解地说："过一段儿就好了。"

如今，情况确实在向好的方面转变。和平路高架桥建成以前，从中华大街到平安大街，行车需要40分钟，现在最快只需6分钟。槐安高架路修通前，从西二环到东二环要走一个小时，现在只需20分钟。

◎ 中华大街裕华路立交桥区绿化

生态宜居的新石家庄呼之欲出

"'三年大变样'，环境质量是第一位的。"在城建大攻坚之初，石家庄就确立了这一目标。

对此，石家庄有着惨痛记忆。2003年，石家庄空气质量二级以上天气仅有95天，是当年全国空气质量最差的省会城市。

"让人民群众拥有蓝天绿水，呼吸新鲜的空气，这当然是'三年大变样'的应有之义。"石家庄市委、市政府提出：一定要建设生态宜居的新石家庄。

在去年大拆除后，市政府将其中的347万平方米建成了绿地。去年以来，全市新增绿化面积400.4万平方米，仅今年上半年就新增177.4万平方米。目前，市区人均绿地面积达到了14平方米。市委3万平方米的办公大楼被拆除后，17天就完成了绿化改造。

实施如此大的拆除工程，建筑垃圾怎么办？全市将建筑垃圾集中在七个地方堆成山头，加以绿化。在太平河整治现场，一块绿丘生机盎然，与周边绿树和碧波荡漾的太平河浑然一体。谁也想不到，如茵碧草下，埋着无数建筑垃圾。

为了改善大气质量，石家庄市一年拆除了全部的122座水泥机立窑，拆除分散燃煤锅炉237台，搬迁出去了12家重污染企业，减少燃煤203万吨，30万户居民和360多家单位实现"煤改气"，市区全面进入天然气时代。今年市区新购置了900部公交车，也全部使用天然气。

石家庄今年启动了大力整治滹沱河、建设100公里外环水系和改善民心河内环水系的"一河两水"工程，在几年内建成大生态体系，形成总长182公里、水面1668万平方米、绿地8138万平方米的活水长流的滨水景观生态长廊，打造水绿交融、城河相伴的都市美景。去年以来，市区新增水面就达276.5万平方米。今年又启动了长安公园、裕西公园提升工程和东垣古城森林公园建设工程。

以上举措，大大改善了石家庄的生态环境。2008年，石家庄二级以上天气达到了301天。2007年底，市内5条河流只有1条排污达标，如今已有4条稳定达标。

最近一个时期，无论是石家庄的市民，还是外来的宾客，都有一个强烈的感受：石家庄变得秀气了，变得整洁雅致了，变得明媚亮丽了。驱车行驶在槐安、和平高架路上，蓝天下栋栋高楼尽收眼底；穿桥而过的民心河，如一条绿色丝带环绕在石家庄市区；公园、绿地，像颗颗串起的珍珠，绿意盎然，熠熠生辉……

一个崭新的现代化都市正在华北大平原悄然崛起。

（原载2009年8月28日《人民日报》）

◎ 山城张家口华灯初上

刮目相看石家庄

——石家庄城镇面貌三年大变样纪实

韩华山　张　健　晓　磊　宝　芝

短短三年时间，石家庄天空变蓝了，道路变宽了，一座座地标式建筑拔地而起，干涸多年的古河道，现在碧波粼粼，荡起了游船，一批国内外企业巨头纷纷落户石家庄……

"三年大变样"使石家庄的城镇面貌、生态环境、人文环境、投资环境发生了巨大变化。

城市变大、变高、变美了

三年时间，对于历史而言，只是一瞬倏然而逝，在这"一瞬"间，石家庄，这座新中国解放第一城，凝聚整座城市的力量，经历了一场浴火重生的洗礼，完成了一次脱胎换骨的蜕变，创造了一个前所未有的奇迹！

石家庄市作为拥有7000万人口大省的省会，其建设和发展的状况不仅是自身现代化程度的体现，而且直接反映着河北的形象、河北现代化建设的成果、河北财富积累的水平，以"三年大变样"为抓手，推进城镇化建设，势在必行！从2008年至今，石家庄全力推进"主城改造、新区建设、道路畅通、品位提升、精细管理、素质提高"等重大城市建设和改造工程，截至今年6月底，总投资达2357.8亿元。

这次史上规模最大、投资最多、速度最快、影响最深的城镇建设，让石家庄的城市和精神面貌产生了质的飞跃。

石家庄市市长艾文礼豪情满怀："这只是个开始，我们将向着打造繁华舒适、现代一流省会城市的方向继续前进！"

三年前，河北的城镇化严重滞后，尤其是城市化率只有18%，低于全国10个百分点。作为河北的省会，石家庄本应是个辐射广泛、带动力强劲的中心城市，但城市人口只有200多万，要带动所辖770万郊县人口甚至是全省的经济发展，显然力不从心。

石家庄是人民解放军解放的第一个较大城市，曾是"新中国的摇篮"——华北人民政府所在地，拥有"党中央最后一个农村指挥所——西柏坡"的辉煌。但这座有着光荣历史的城市，直到1968年才成为河北的省会。由于成为省会时间短，又在京津两个特大城市的覆盖下，石家庄显得破旧、土气和落伍。

直到进入21世纪时，全市仍没有一条高架路，没有一座像样的立交桥，违章的低矮房屋随处可见，道路狭窄，车流拥堵，大树稀缺绿地少，空气污染粉尘多。在灰蒙蒙的天空下，甚至连石家庄人都自嘲为"天下第一庄"。

"石家庄是7000万河北人的省会，是全省的第一形象、第一窗口，必须三年内在改变城市面貌上做出重大突破，为全省做出表率！"这是河北省委、省政府的明确要求。

"我们必须抓住这一重大机遇，把石家庄建成一个文化、生态、宜居的省会城市，建成京津冀经济圈内的第三增长极。"2008年初，石家庄市启动了城镇面貌三年大变样行动。他们对城市发展进行了重新定位，决定到2020年将城区人口提升到500万人，建成中国现代药都、华北商埠、现代装备制造、循环化工和信息产业基地。

一场变身现代化大都市的攻坚战打响了。

石家庄市委以身作则，率先拆除办公楼。50天时间，占地40亩的市委办公大楼，不仅拆除了3万多平方米建筑，还种上了绿树和草坪。2009年"七一"前夕，原办公楼址上已是一片浓绿。

在省、市两级党委、政府的全力推进下，石家庄市两年多拆除各类建筑1506.65万平方米，占全市建筑面积达17%！

拆，是为了更好地建！三年间，石家庄市27个城中村回迁楼，先后开工建设625万平方米，建设经济适用住房551万平方米，累计解决了6万余户中低收入家庭的住房困难，为6770户低收入家庭提供了实物配租廉租房。到目前，已通过各种方式完成村民回迁85%以上。

在城市道路改造修建过程中，石家庄人向世人充分展示了什么叫"石家庄速度"！市政建设全部打开城门对外招标，引进了一大批"中"字头、"国"字头的设计和施工单位。

有了国内顶级设计、施工单位的参与，石家庄城市攻坚战连创新纪录：槐安路高架桥工程、裕华路改造工程，正常情况需要施工一年半，结果4个月完工；裕华路施工图，正常设计需要180天，最后23天就完成了；过去，完成高架桥一片梁的时间是28天，因为施工企业采用了蒸汽养护新技术，缩短到了3天；投资30.5亿元、全长41.4公里的二环路改造工程是石家庄单体投资最大的工程，仅用5个半月就完成了18个月的工作量……

大马路、大广场要建设，背街小巷要改造。到9月底，等剩余的11条小街道改造完工，全市365条背街小巷全部披上"新衣"。

"过去每年市政基础设施投资三四十亿元，现在一年就接近200亿元！"

在大力打造繁华一流都市的同时，石家庄也全力改善宜居环境，让天蓝、地绿、水清。

2007年，石家庄名列全国污染最为严重的省会城市之一。那时候，石家庄的天总是灰的。

而今，49家重点污染企业已有37家搬出主城区，先后淘汰落后水泥产能1519万吨，削减二氧化硫7500吨，削减年燃煤量553万吨。2008年，石家庄二级及二级以上优良天数301天，去年达到317天。截至今年6月底，优良天气166天。

绿色是生命的象征，绿色是人类的向往，绿色更是一座城市的名片。

石家庄市委常委、副市长王大虎说，到去年底，石家庄建成区新增绿地1306万平方米，园林绿地面积7025公顷，绿地率达到了36.6%，广大市民盼望多年的城市美景，终于由奢望变成了现实。

水通船通路通景通林带通

城市因水而动，石家庄是一座严重缺水的城市，正因此，石家庄不惜投巨资增加水面。环城水系这一石家庄经典工程正在施工中。在不远的将来，它将实现"水通、船通、路通、景通、林带通"，届时，"靠水而居"的梦想将成为石家庄人的现实选择。

经典工程奠基"水城"。

历史上，石家庄区域的中心城市依水兴起，傍水迁徙。近来，关于水的新闻频频见诸报端，先是已经断流40多年的滹沱河市区段全线通水，接着是环绕整个城市的环城水系开工建设。"一河两环"所描绘的省城水系丽影显现。

2010年7月3日，环城水系建设工程已全面开工。环城水系包括外环水系和内环水系。外环水系全长约102公里，计划形成水面8.2平方公里、绿地24.5平方公里，总投资106亿元。加上之前已完工的民心河一期，正在建设中的民心河二期，一幅"北方水城"的远景隐然再现。今日的石家庄，同样正在依水而兴。

东南环水系是外环水系中的重要组成部分，该工程穿京珠高速公路，全长26.7公里，河道平均宽80米，水深2米，两侧绿化带宽150米，工程总投资66.6亿元。预计明年"五一"全面竣工。

园林高级工程师于向雄说，环城水系将实现"水通、船通、路通、景通、林带通"的"五通"要求，并具备防洪排涝、生态景观、地域文化、休闲浏览、产业集聚等多种功能。

水系建设惠民日久

近年来，石家庄市共实施了三项水系工程：一是建成了民心河，形成了全长56.9公里、水面2.5平方公里、绿地2.3平方公里的滨水景观。二是实施了西北水利防洪生态工程（含太平河）。三是实施滹沱河综合整治工程。

民心河引水入市工程在河道两岸新建、改建22座公园、游园，新增城市水面249.66万平方米，新增绿化面积140万平方米，石家庄从此结束了无河、缺

◎ 四通八达

水、少绿的历史，市民的居住环境和生活质量有了很大提高。民心河二期工程目前正在紧张施工中。

西北水利防洪生态一期工程，拓宽疏浚河道6.45公里，新增水面面积264万平方米，河北岸建有5个带状公园贯通东西。二期工程，全长18.15公里，占地801公顷，其中河道占地175公顷，园林占地626公顷，到2008年底，除与南水北调并行的4.5公里外，其余地段全部通水。

太平河综合整治工程位于市区北部，长17.46公里，至今已经全线通水。

环城水系这一经典工程的建成，将对石家庄城市建设产生深远影响。环城水系工程建设指挥部办公室相关负责人介绍说，其突出表现为三大功能，一是防洪泄洪功能。该工程是城市防洪工程的重要组成部分，它将有效确保全市经济社会持续发展和人民生命财产安全；二是生态环保功能。通过开发整治，生态恢复，造湖蓄水，建起省会西北部植被茂密的生态绿色屏障和水源涵养最好的保护区域；三是旅游休闲功能。以沿线公园、游园为基础，以水体景观为主轴，打造石家庄西北部极具魅力的风景旅游长廊。

城市内涵因水而丰富

石家庄空间发展战略规划提出"整合重构，空间北拓"，将使石家庄成为真正的"滨水"城市，提升城市特色和文化品质。把石家庄打造成为水清、岸绿、景美，具有滨水特色的"城水相依、人水亲和"的现代生态城市。

水利专家、城建专家和气象专家表示，环城水系建成后，对调节城市气候、改善城市环境、提高市民生活质量，将带来具有历史转折意义的变化。

河北省气象专家郭迎春说："随着城市化进程的不断加快，石家庄也出现了'热岛效应'，环城水系的建立对缓解热岛效应、改善春秋燥热、减少风沙灾害天气，将产生积极作用。整个水系将省会环绕起来，对调节沿岸地区和整个城区夏季气温的成效会尤为明显。"

城市辐射带动功能日益彰显

士别三日，当刮目相看。随着城市生态环境、人文环境、投资环境的巨大改善，作为省会城市，石家庄聚集产业、聚集财富、聚集人气的辐射带动功能日益彰显。

其标志之一，就是催生了新的商业业态。万象天成、裕华万达广场、金世界、勒泰中心、新源NASA等一系列城市综合城项目这两年在石家庄相继涌现。今年3月石家庄又与华润集团签约，投资建设城市综合体项目，如果推进顺利，不久又会有一个大型城市综合体拔地而起。

随着一批商业巨头挺进石家庄建设"城市综合体"，石家庄全新的"商业面孔"开始频频亮相，体验式消费初露端倪，石家庄的商业格局也由此发生了变化。

已经建成的万象天成、正在建设中的裕华万达广场、将要建设的华润集团城市综合体……这些"巨无霸"项目，形象地诠释着城市综合体的概念，将这一新生事物展示在石家庄市民面前。

曾几何时，提到城市商业业态，人们的印象还集中在商场、百货、超市、店铺等方面，而今，集商场、百货、餐饮、娱乐、酒店、影城和橱窗展示等为一体的城市综合体，已离人们的生活渐行渐近。

所谓城市综合体，是将城市中的商业、办公、居住、旅店、展览、餐饮、会议、文娱和交通等城市生活空间的三项以上进行组合，并在各部分间建立一种相互依存、相互助益的能动关系，从而形成一个多功能、高效率的综合体。

城市综合体是一个城市发展到高级阶段的产物，被誉为城市中最精华的部分，叫做"城中之城"，是许多开发商最近几年在热点城市最为看好的投资项目之一。石家庄"三年大变样"和新区建设、旧城改造的深入开展，使之具备了建设发展城市综合体的独特优势和巨大空间。

实际上，近两年集办公、商业、居住、休闲娱乐等功能于一体的城市综合体项目正越来越多地出现于石家庄。

像万象天成等一批城市综合体，已经成为石家庄的地标性建筑和新的商业中心，而周边高档住宅和消费场所如雨后春笋般比邻而起，正在促成新商圈的跨越式成熟。

伴随着一批城市综合体的出现，一种全新的商业地产形式，逐渐进入人们的视野，将带给石家庄更多的变化和惊喜，并助推石家庄"上水平、出品位、生财富"。

进入2010年，石家庄市城市综合体建设步伐大大加快。大连万达集团、深圳华强集团、华润集团等巨头纷纷到石家庄抢滩布点、联袂兴建城市综合体，成为拉动石家庄新区建设、旧城改造提升和现代服务业发展的强大引擎。

有经济学家评论说，城市综合体的出现，一定会带来促动石家庄传统商业升级改造、新兴服务业全面勃兴的"鲶鱼效应"和"蝴蝶效应"。城市也因此迈入更加繁荣、文明的新时期。

河北省和石家庄市因势利导，出台了一系列鼓励夜市的优惠政策，助推城市夜经济的繁荣。

华北大平原上的石家庄，正一步一步，悄然跨进现代化大都市的行列！

（原载2010年8月11日《人民日报》）

城中村里听民声

——石家庄市裕华区大马村改造掠影

王方杰　李增辉

"城中有村，村里有城，村外现代化，村里脏乱差"，在大踏步迈进城市化和现代化的进程中，这是不少城市"城中村"的写照。怎样改善"城中村"的居住环境？怎样让"城中村"居民劳有所得、病有所医、老有所养、住有所居？这是我国城市化必须逾越的一道坎。带着这些问题，我们采访了河北省石家庄市"城中村"改造的范本——大马村。

不为表面光鲜，重在提高群众生活幸福指数

"现在如厕不用出屋子，自来水、煤气、暖气全都有，不愁吃、不愁穿，锻炼锻炼身体，有空儿就想着怎么乐呵乐呵。"一个阳光明媚的春日，在石家庄市裕华区大马庄园广场上，人们热情地向记者介绍自己的感受。这个矗立着24栋红色高楼的花园式庄园，沉浸在浓浓的安居乐业的祥和气氛中。

"过上这样的日子，以前想也不敢想。"叩开15号楼1303室的房门，在摆着两盆花的客厅里，郭珍珍老人止不住感慨："当年我嫁到大马村时，村里没有一堵完整的院墙，村民穷得叮当响，我住的是一间半西屋，那时就想，这辈子能住上大北屋就知足了。"

2004年，当大马村列入统征范畴和"城中村"改造日程时，这个有600多户2400多口人的村庄，连村庄带耕地总共占地1200亩，集体经济一无所有。

说服群众同意拆迁是"城中村"改造面临的第一个难题。失去耕地，还要拆掉祖祖辈辈赖以生存的住房，村民很焦虑，很不踏实。石家庄市委、市政府决定，采取"原地回迁"安置政策，每户补偿3套房子，合计300平方米，并且在拆的同时，建设回迁房。此外，政府还为拆迁户提供临时过渡房、过渡补贴和免费搬家服务。

此举得到了村民的理解和支持，甚至有人要求提前拆迁。历经4年的彻底改造，大马村变成了大马庄园，旧貌换新颜。到2009年10月，拆迁户全部回迁新居，村民变成了城市居民。

当初郭珍珍老人对"城中村"改造意见相当大，现在，她全家8口人分到了6套房，有600多平方米，3套自己住，3套出租。按规定，明年村里还将给4岁的小孙子再分一套房。

"我们在进行'城中村'改造时，特别强调一个原则：改造不仅仅是为了改造城市面貌，追求表面光鲜，而是要真正改善原有居民的居住环境和生活条件，提高人民群众的幸福指数。"河北省委常委、石家庄市委书记车俊说。

"更是一个实实在在的民生项目"

大马村改造以前，绝大多数村民为生计担忧，一年忙到头还是缺钱。"绝不让一个失地村民变成城市贫民。"大马村采取了发展集体经济、参加社保医保、提供工作岗位等多种措施。

当初征地，大马村得到了2亿多元补偿金。"决不能把补偿金分光吃净，还要发展集体经济，解决民生问题。"市里指导村里按"三三制"原则进行"分割"：1/3直接发放到群众手中，1/3用于发展集体经济，1/3为村民加入社会养老保险。

有了7000多万元启动资金，大马村大张旗鼓地搞起股份制改革，竖起了河北大马集团股份有限公司的大旗，于是村庄变成公司，农民变成股东。通过5年的打拼，到2009年底，集体经济纯收入达到1.8亿元，村民在集体资产的保值增值中获得稳定收益。现在，每个股东年底可以分红1万元。

现代化的庄园需要物业、园艺、保安、保洁等各项服务，大马村迅速创造出了5000多个就业岗位，许多村民不出庄园大门就能上班，人均月收入1000多元。

"我不用儿子养了，国家养着我呢。"村民邢文书56岁了，他刚领了860元的退休金，感觉美滋滋的。邢文书参加城镇基本养老保险5年，养老金每年都上调。和其他村民一样，他有张"福利卡"，里面是1500元的副食补贴，米、面、油、肉、蛋、奶，持卡领取。随着大马集团的发展壮大，大马村的各种福利待遇也逐年提高。

有人说，在大马村，家家都是百万元户。这话不假，现在，大马庄园的高层住宅均价已经达到每平方米5000多元，300平方米就是150多万元。除此之外，大马村民每人分得了25平方米的商业门脸房产权，由集体统一经营，年底分红。

从2005年开始，大马村组织村民免费旅游，北京、海南、香港、澳门……都留下了他们快乐的足迹。

"'城中村'改造不仅是经济项目、城建项目，更是个实实在在的民生项目。改造时，我们始终考虑着，怎样让被拆迁群众住得更好，就业更有保障，养老没有后顾之忧。"石家庄市长艾文礼说。

自我开发、借地改造，集体经济持续壮大

"发展和壮大集体经济，对于失地农村具有现实意义。"为了扶持失地农村集体经济的发展，石家庄出台了预留发展用地的政策：对被征地村，除村民现住宅用地外，按照人均不超过1分地的标准，给被征地村预留发展用地。征为国有后，协议出让给村集体经济组织，政府不再收取出让金，由村集体经济组织自主经营，也可进行市场化运作。

这是条重大利好政策。大马村充分利用腾出的600多亩地，拿出其中一部分上项目，搞商业开发，集体经济呈现高速增长态势。作为集体资产真正的主人，现在大马村人人关心集体资产，个个关心集体利益。大马集团按公司法设

立了股东大会、董事会、监事会，村民作为股东，积极行使知情权、选择权、监督权。

"'城中村'改造，我们失去了土地，现在我们又拥有了更多的土地。"大马村社区副书记邢建恒介绍，在许多村民股东的建议下，大马集团决定"出城务农，他乡买地"。

2008年，大马集团在灵寿县买地230亩，把村里的养殖能手集中起来，建立了绿色无公害畜禽养殖场，为大马村民和超市提供了优质肉源，带动了当地农民就业。2009年，大马集团还在海南省购买了60亩地，建起了大马度假村，试水旅游业。今年，大马集团又从正定县购买了1000亩地，用于新农村民居建设和种植、养殖业开发。

目前，大马村土地扩张的触角，伸向了全国。大马村走出了一条"城中村"自我开发、借地改造、和谐发展的建设新路。据估计，随着大马集团的藏龙福地项目——包括高品质住宅、五星级酒店、商业步行街、商务大厦等物业销售的完成，明年大马村集体经济收入可达60亿元。

大马村只是石家庄市"城中村"改造的一个缩影。市委常委、副市长王大虎介绍，2008年以来，全市共有60个"城中村"启动了拆迁，有6.3万户村民受益。目前累计完成拆迁面积525万平方米，拆迁腾地462万平方米，其中26个"城中村"全部拆迁完成，同时已经建成了4.7万套回迁住房，拆迁户均能按时或提前回迁。通过"城中村"改造，曾经坑洼不平的背街小巷、通行不便的断头窄道也被整修一新，惠及200个小区、100万城市居民。

（原载2010年4月25日《人民日报》）

南湖一出唐山绿

王方杰　李增辉

核心提示

如果不身处其间，很难描述南湖的湖光水色、盎然绿意带给人的震撼。可休闲游乐，可远足锻炼，可驻足深思，可三五结伴玩耍，更可席地而卧，看天看地看白云。美哉，南湖！

南湖一出唐山绿！有了南湖，唐山就彻底告别了以往工业城市傻大黑粗的形象。

南湖的出现，使唐山迈出了从资源型城市向生态型城市、从工业文明向生态文明过渡的"历史性一步"。一座城中有山、满眼皆绿、山水相依的现代化新城正在渤海之滨崛起。

"南湖一出，唐山就绿了！"

连绵不绝的水面，一望无际的森林，时时惊飞的鸥鸟，五颜六色的鲜花。走进唐山南湖，就好像一下掉进了碧波绿海。这里绝不像一般的城市公园，仅仅是城市里点缀的一抹绿色，一小块人造盆景，几片巴掌大的草坪。南湖无比地大，绝没有别处城市公园的喧闹与拥堵。

徜徉在南湖生态公园，碧波绿树间，沉醉之余，不由感叹："南湖真美!" "南湖一出，唐山就绿了。"

南湖公园的水面有11.5平方公里，几乎相当于两个杭州西湖，公园核心景观区有28平方公里。曾有市民骑车在公园内观光，结果3个小时还未能尽览园内景色。在唐山，人们多称南湖为"大南湖"，一个"大"字，流露出多少惬意与自豪。

南湖内大小水面相连，各种林木花草密布，行人徜徉其间，可以尽情地享受花红柳绿，尽情地舒展身体，彻底地放松心情。

"唐山人终于有了自己的休闲度假胜地。"走南闯北的市民小崔对记者说，过去，一到假期，不知道该去哪里。现在还没到周末，大家就相约：周六到南湖玩儿啊！

如果不身处其间，很难描述南湖的湖光水色、盎然绿意带给人的震撼。

有这么一组数字，仅今年2月到4月，南湖生态园就栽植法国梧桐、垂柳等乔灌木18.4万株，地被植物55.8万平方米，水生植物2.5万平方米，加上原有的植被，目前南湖公园有树木近200万株，绿化面积607公顷，湖泊湿地18平方公里，各种植物种类达到40余种，是一片名副其实的城市森林，从而彻底弥补了过去唐山没有城市生态功能区的缺憾。而以一株成年杨树为例，每年可以吸收二氧化碳768.6公斤，释放氧气680.4公斤，可同时满足2.5人的需要。南湖区域200余公顷的林地面积和水域面积，不仅是一个"大氧吧"，还可增加空气湿度，使唐山的极端最低气温升高3至4摄氏度，极端最高气温降低3至4摄氏度，使城市的气候更加宜人。

从外交部到唐山市挂职任副市长的黄惠康说："南湖一出唐山绿！有了南湖，唐山就彻底告别了以往工业城市傻大黑粗的形象。"自打今年4月30日一开园，南湖也着实成了唐山人的最爱。

南湖生态公园开园伊始，日均游客就超过10万人。在刚结束的"十一"长假里，南湖公园接待游客52万人次。来自北京、天津的游客，或组成旅行团，或自驾车辆，开始不绝如缕地奔向唐山南湖。

河北省委常委、唐山市委书记赵勇说："我们要把南湖建成生态的南湖，好玩的南湖，让人民群众有一个能真正放松身心、享受美好生活的场所，让华北地区增加一个休闲度假胜地。"

南湖公园，还建有地震遗址公园，有铭刻着24万遇难同胞的地震纪念墙和10000平方米的地震纪念馆；有展现唐山百余年工业发展轨迹的开滦国家矿山公园；有陆续修复和再现的唐胥铁路、唐山交通大学遗址……

南湖以独具匠心的设计，让游客白天、晚上、一年四季都不虚此行。可休闲游乐，可远足锻炼，可驻足深思，可三五结伴玩耍，更可席地而卧，看天看地看白云。美哉，南湖！

南湖，化腐朽为神奇的"奇迹"！

因煤而兴的唐山是中国近代工业的摇篮，曾诞生了中国第一座现代化矿井、第一条标准轨距铁路、第一台蒸汽机车、第一袋机制水泥、第一件卫生陶瓷。但因为连续100多年的持续开采，在唐山南部、距中心城区不足2公里的地区形成了高达1800多公顷的采煤塌陷区。多年以来，这里垃圾成山，污水横流，蚊蝇乱飞，杂草丛生，人人避之不及。

2008年1月，唐山市委八届四次全会提出：彻底整合南部采煤塌陷地及其周边地区，建设91平方公里的南湖生态城。把这块"城市疮疤"打造成世界一流的城市中央生态公园，把唐山打造成全国闻名的"华北水城"。

"在采沉区上造那么大规模的生态城？不可能！"听到这一设想，许多人感到不可思议，甚至表示质疑。这片沉陷区，地质条件复杂，从前一直被认为是开发建设的"禁区"。

果真如此吗？

唐山市委、市政府委托国家地震局、煤炭科学总院等权威机构，对南部采煤沉陷地的地质构造以及潜在危险性进行了缜密的分析与研究。专家得出的结论是：南湖生态城的大部分区域正处于地表下沉的稳定期，坚实而牢固，已经具备了成熟的开发建设条件。

2008年3月1日，唐山市南湖生态城扩湖工程正式动工，大南湖开发拉开序幕。

为了确保工期，唐山市委、市政府提出了"五个一线工作法"：即干部在

© 唐山南湖

一线工作，决策在一线落实，问题在一线解决，创新在一线体现，成效在一线彰显。

短短两天时间，35米高的工业烟囱轰然倒塌，南湖内5个绿化植树区内的各类养殖场、废品站、看护房等地面建筑被清拆完毕，洗煤厂及发海瓷厂厂房被拆，2万余平方米建筑被依法清拆。

"干部在一线，人机连轴转"，在28平方公里的土地上，南湖建设者几乎都没有节假日，工期紧张时甚至白天晚上连轴转。

随着机器昼夜轰鸣，800万吨粉煤灰、350万立方米煤矸石、800万吨垃圾被一一清走；之后，又对水面周边的大片废弃地进行挖掘和拓展，原有的水面开始逐渐汇集，地下水也开始源源涌出，一座座人工湖次第形成，逐渐挖掘拓展为面积达11.5平方公里的大南湖；15.7公里长的南湖环湖公路也如期完工。

仅仅用了14个月，大南湖便完成了脱胎换骨的变化。今年4月29日，南湖城市中央生态公园正式开园。唐山有了比杭州西湖还大一倍的湖水面积。从此，唐山开始妩媚，开始秀丽。

人们惊呼："这是一个奇迹，一个化腐朽为神奇的奇迹！"

"早先关紧门户还嫌臭，住在这里憋屈得要命。现在打开窗户就是风景，空气都是甜的。"家住南湖附近的李连仲老人感觉开心极了！

生态南湖，开辟华北水城建设先河

唐山南湖，处处体现着生态理念。

在南湖城市中央生态公园中心地带，有一个美丽的小山，树木葱茏，花草繁盛，叫"凤凰台"。

很难想象，它的前身是一座50米高的垃圾山。这座山原本是一个巨大的塌陷坑，在过去的22年中，城市中心区的各种生活垃圾被源源不断填埋在这里。渐渐形成了450万立方米的垃圾山，产生了大量含有有毒物质的沼气和渗滤液，严重污染了附近的地下水和地表水。

在生态城建设中，唐山市投资8000多万元，对垃圾山体进行整体封闭，覆盖土壤，栽种13万平方米的树木花草，添加围栏，并对沼气、渗滤液进行了收集和处理，使各种污染物达到了"零排放"。据不完全统计，在南湖公园建设过程中，共清理粉煤灰、各类垃圾、煤矸石1950万吨。

在湖泊岸边，护岸的不是传统的水泥和砖石，而是干枯废弃的树枝、树杈和树干。这是国内罕见的生态护岸，使用的是清华大学的一项专利技术。

"整个南湖的护岸上面，没有一点水泥、没有一块砖，全部取材于施工现场。这样既直接避免了混凝土的使用，缩短了工期，又实现了对废弃物的循环利用，节约了大量的建筑材料，并且环保无污染，对水面的污染几乎是零。"南湖生态城的管理者说。

无论是分列道路两旁的太阳能路灯、穿梭在绿荫湖畔的电瓶车、荡漾在碧波中的脚踏船，还是湖水还清、物理清淤，无一不体现着生态的理念。

考虑到沉降区的地质特点，南湖生态城从建设之初，就尽量少用重型机械、钢铁、水泥和沥青，尽量减少土方量，园中道路全部采用水泥连锁块砖或碎石子铺就。除了景观建设中必需的亭、廊、桥和游船码头外，人工建筑很少。同时保留了大面积的蒲草、芦苇等，为各种野禽鸟类留足栖息繁衍空间。

生态南湖，用湖水、绿地、城市森林、花草创造出了巨大的生态效益，也开辟了唐山建设"华北水城"的先河。

为了做足"水文章"，除了地下水源，唐山大量引入城市污水处理厂净化后的中水到南湖，从而保障整个南湖水源绵绵不绝，四季长流。同时，唐山还投资30亿元，开始对毗邻市区的陡河、青龙河进行综合整治。一两年后，这两条河流将与大南湖汇合连缀，形成57公里的环城水系，使唐山市中心城区生态景观蓄水面积达到13平方公里。届时，在这个融防洪排涝、休闲健身和生态绿化为一体的滨水绿色长廊里，将有90平方公里的市民生活尽享近水环境和亲水乐趣。

生态南湖公园，带动唐山产业和城市转型

南湖的出现，使唐山迈出了从资源型城市向生态型城市、从工业文明向生态文明过渡的"历史性一步"。

"南湖公园的建成，一下使唐山城市的森林覆盖率达到了44%，这不仅彻

底摆脱了以往的唐山傻大黑粗的工业城市形象，而且对唐山的发展带来了巨大的良性影响。"在10月11日在国务院新闻办召开的首届曹妃甸论坛新闻发布会上，曾当过河北省工业信息厅厅长的唐山市市长陈国鹰坦言："从某种意义上说，有什么样的城市环境，就有什么样的产业。一个地方的环境如果不好，别说人受不了，连高档的机器设备也受不了。如果唐山的环境还是烟尘飞扬，怎么可能吸引高新技术和高端人才呢？"

唐山是河北第一经济强市，也是全国第一钢铁大市。唐山的钢铁产能，可以生产出1978年的全国的钢铁总产量。钢铁鼓起了唐山人的腰包，挺直了唐山人的脊梁，也使当地的资源、环境难以为继。

在今年的南湖公园开园仪式上，赵勇充满深情地说："如果说震后重建是唐山的第一次涅槃的话，城市转型则是唐山发展的第二次涅槃。从传统发展模式转向科学发展模式，从资源性产业转向绿色产业，从工业城市转向生态城市，可谓正当其时。"

在南湖建设之初，唐山人就瞄准世界顶级水准，吸取中国城市规划设计研究院、清华城市规划设计研究院、德国ISA意厦国际设计集团、美国龙安建筑规划设计公司等4家公司的设计精华，制定了南湖生态城的总体规划：打造世界一流的休闲旅游度假胜地、文化创意产业园区和国家城市湿地公园，进而拓展城市发展空间、延续城市文脉、提高城市宜居程度、带动第三产业以及周边区域的快速发展。

"南湖生态公园对唐山的转型具有强大的促动作用。"陈国鹰认为，这种促动至少是双重的。首先，南湖距离城市商业中心唐山百货大楼仅有1公里，可直接影响、带动城区改变引资结构，改造钢铁、装备制造、化工等传统产业，发展新能源、环保、生物医药等新兴产业。其次，南湖生态城的规划建设面积有91平方公里，除去28平方公里的核心景观区，还有可供建设的63平方公里土地，其中有大量的"废弃地"和17个"城中村"，无疑为城市发展提供了巨大的空间。

黄惠康算了这样一笔账：在南湖公园建设之前，那里的地价每亩仅有10万元，现在已飙升至22万元。南湖地区仅土地增值已达1000多亿元。另据测算，到2015年，南湖生态城将吸纳40万城市居民，以人均住房消费12万元计算，将产生住房需求480亿元。人口的聚集带来了更多的消费需求和高端服务产业的兴起，每年可新增全社会消费品零售总额80亿元。

陈国鹰表示，唐山把生态设计、清洁生产、资源综合利用和可持续消费融为一体，广泛采用节能、降耗、防污和循环再利用的新工艺、新技术和新流程，规划建设了曹妃甸新城、南湖生态城、凤凰新城、空港城四座新城，努力把曹妃甸建成中国能源、矿石等大宗货物的集疏港，新型工业化基地，商业性能源储备基地，国家级循环经济示范区，中国北方商务休闲之都和生态宜居的滨海新城；努力把唐山建成科学发展示范区和人民群众幸福之都，以此弘扬首届曹妃甸论坛提出的"发展可持续，世界更美好"的时代主旋律。

在这次曹妃甸论坛上，唐山市人民政府将和新加坡政府签署协议，合作开发建设唐山南湖生态城。

在南湖生态城的带动下，唐山市正由工业文明向生态文明，从资源型城市向生态型城市悄然转身。一座城中有山、满眼皆绿、山水相依的现代化新城正在渤海之滨崛起。

（原载2009年10月15日《人民日报》）

唐山再次涅槃换新貌

——加快经济发展方式转变调研行

王方杰　李增辉

正在热映的《唐山大地震》，将人们的视线再次拉回到34年前。一场大地震将百万人口的唐山市瞬间夷为平地，24万人遇难，此前的所有建树和成就灰飞烟灭。

"虽遭灭顶之灾，未渝回天之志。"在党中央的亲切关怀下，在全国人民的无私援助下，英雄的唐山人民发扬"公而忘私、患难与共、百折不挠、勇往直前"的"抗震精神"，在震后10天就生产出第一车"抗震煤"；震后14天，唐山电厂并网发电；震后28天，炼出第一炉"争气钢"……经过30多年的不懈拼搏，唐山人硬是在渤海之滨的一片废墟上，重建了一座现代化城市，并成为河北省第一经济强市，今年GDP将超过4000亿元。

"如果说震后重建是唐山这座凤凰城的第一次涅槃，这几年转变经济发展方式，努力建设科学发展示范区，则是唐山的第二次涅槃。"河北省委常委、唐山市委书记赵勇说。

调结构、转方式，新世纪的必然抉择

唐山依煤建市、以钢兴市，是我国近代工业的摇篮。中国第一桶机制水

泥、第一条标准轨距铁路、第一台蒸汽机车，都是在这里诞生。如今，唐山已成为全国重要的能源、原材料工业基地，形成了以煤炭、钢铁、电力、建材、机械、化工、陶瓷为主的支柱产业。

进入新世纪，由于过分依赖资源和能源，唐山市渐感发展步伐的沉重和吃力：资源压力大，煤炭、铁矿石、石灰石等难以维持长期开采；产业结构优化压力大，重工业占工业的比重达95.8%，服务业仅占全市经济总量的32.8%；环境保护和节能减排的压力大，单位GDP能耗明显高于全省、全国平均水平。2004年、2007年，唐山因环境污染两度被国家环保总局点名，甚至受到"区域限批"的严厉处罚。

"拼资源、拼投入的传统发展模式已经难以为继，必须痛下决心，强力调整产业结构，坚决走新型工业化道路。"唐山市委、市政府的认识清醒而坚定。

"科学发展理念不能停留在嘴头上、文件里，而是要不折不扣地落实到行动中。宁愿GDP增长放缓一点，也要走一条健康的发展之路。"唐山以壮士断腕的决心和勇气，强力淘汰落后产能。近3年来，唐山对钢铁、水泥等10大重点行业的4591家企业实施综合整治，关闭、取缔高耗能、高污染企业1504家，淘汰落后钢铁产能1408万吨、钢产能1257万吨、水泥产能1536万吨。

2009年，唐山市单位能耗下降了5.21%，节能和减排工作获河北省"双优市"称号。

与此同时，唐山大力推进新型工业化，积极构建产业发展新格局。在改造传统产业、优化投资结构上，唐山实施了以产业结构调整为核心、以项目建设为载体的"三年攻坚行动"。

在科技创新上，唐山启动了"三百计划"：加快培育100种优质、高附加值、有市场需求的新产品，用100项高新技术改造传统产业，培育引进100名产业结构调整领军人才。

目前，唐山产业结构呈现出钢铁工业比重下降、先进制造业和新兴产业比重上升、服务业发展全面提速的良好态势。风力发电、海水淡化、太阳能电池等新兴产业项目落地生根；高速动车组、矿用抢险机器人、纯电动汽车等一批

◎ 鸟瞰新唐山

高新技术产品逐步实现产业化。

一批拥有自主知识产权的高科技企业，开始在国内外崭露头角，成为引领唐山发展的重要支撑。唐山轨道客车有限责任公司引进了具有世界先进水平的高速动车组技术，经过消化吸收再创新，完成了从"中国制造"到"中国创造"的历史性跨越。

环境是最大的资源，生态是永久的财富

烟囱林立，浓烟滚滚，粉尘飞扬，道路狭窄；970万平方米没有自来水、暖气、卫生间的震后危旧平房，遍布各处的违章建筑。唐山的城市面貌、生态环境，一度让市民难以释怀。

2007年，唐山掀起了历史上投资最多、力度最强的城镇化建设高潮。

3年多来，全市累计投入城镇建设资金1560亿元，其中95%以上是社会资金。以打造低碳宜居示范城市为目标，唐山市在沿海荒滩、盐碱地上建设国际生态城；以打造生态城市示范标杆为目标，建设105平方公里的南湖生态城；以建成国内一流的商务中心为目标，建设23平方公里的凤凰新城；以统筹发展空港物流业和高新技术产业为目标，建设20平方公里的空港城。

唐山市市长陈国鹰说："我们的目标是以市中心区和唐山湾国际生态城为'双核'，以北部山前城市带和南部临海城市带构成'两带'，建设一个崭新的现代化滨海生态城市。"

最让市民称道的生态建设华章，是对城南采煤沉陷区的改造。昔日18平方公里的沉陷区，垃圾乱堆，污水横流，蚊蝇孳生。经过一年零两个月的改造，这里不仅建成了15.7公里长的环湖路，还打造出一个水面30平方公里的城市中央生态公园。

目前，唐山城区绿化覆盖率达44.7%，人均公共绿地11.34平方米。唐山还获得联合国"改善居住环境最佳范例奖"、联合国人居署"HBA·中国范例卓越贡献最佳奖"。

方圆105平方公里的南湖生态城，成为文化创意产业、休闲旅游产业、会展业等现代服务业的集聚地。今年上半年，曹妃甸新开工总投资1004亿元的84

个产业项目，几乎都是港口物流、装备制造、高新技术产业的低碳循环经济项目。

政务环境和生态环境的大改善，使唐山成为京津冀都市圈和环渤海地区的投资热点。近几年，曹妃甸工业区累计获得投资1500多亿元，成为"十一五"期间全国投资规模最大的项目集聚区。

"金山银山，有污染不能进唐山。"唐山市副市长辛志纯说，2007年，唐山市就拒绝60多个项目，仅曹妃甸工业区就拒绝了100多亿元投资。"唐山因淘汰落后产能减少GDP176亿元、减少财政收入22亿元，但换来了碧水蓝天，值！"

人民群众脸上的笑容是领导干部真正的政绩

"要把唐山建设成为人民群众的幸福之都。"以此为执政理念，唐山市委、市政府努力改善民生，提高人民群众的幸福指数。

3年来，唐山市本级财政累计投入81亿元，实施了扩大就业、社保扩面、安居等十大幸福工程。今年全市计划投资130多亿元，继续为群众办好20件实事。

"唐山已经成为河北第一经济强市，但仍有970万平方米震后复建的危旧房屋。"2007年，在唐山市开展的科学发展、献计献策活动中，数万条意见和建议首先指向了城市建设的落后状况。

"攸关百姓福祉的民生项目必须放在优先位置。"唐山市委、市政府当即决定缓建唐山大剧院，把数亿元资金用于震后棚户区改造。迄今为止，全市累计改造棚户区790万平方米，到今年底，市中心区11364户危旧房住户将全部迁入新居。唐山市还拆违拆迁520万平方米，对19个城中村全面实施改造。

唐山市千方百计扩大就业、完善职工正常工资增长机制、加大支农惠农力度，提高城乡居民收入。近3年全市城镇新增就业13.8万人，今年全市城镇计划新增就业岗位7万个以上，安置就业困难群体5000人以上。唐山城镇居民人均可支配收入和农民人均收入年均分别增长14.5%和12.8%，是城乡居民收入增长最快的一个时期。

作为河北省唯一的统筹城乡发展试点市，近两年来，唐山启动了1000个村的新民居建设，实施了推进统筹城乡发展、加快实现城乡等值化的60项具体政策，着力推进城乡规划、建设、产业、公共服务和社会管理"五个一体化"，让农村居民共享城镇化和改革发展成果。唐山在全省率先进入"全民医保时代"。

近3年来，唐山不断加大社会事业投入力度，年度增幅达33.7%，实现了全部消灭农村中小学危房、公办普通高中免费教育、"五保户"集中供养、乡镇卫生院达标，提高了发展成果的普惠性。2008年，唐山高票荣膺"改革开放30年中国最具幸福感城市"称号。

"人民群众脸上的笑容是领导干部真正的政绩。"唐山颁布了全国第一个《科学发展指标体系》，率先提出了3个指数：科学发展指数、人民群众幸福指数、社会稳定指数。唐山以此作为"指挥棒"来评价各级党委、政府的工作和每个干部的工作。

与此相配套，唐山市委、市政府制定出台了17项政策措施保障《科学发展指标体系》的实施，并筛选出65个科学发展示范模式在全市范围进行推广。目前，市、县（区）两级累计制定出台了支撑科学发展的新制度、新机制12362项。

尽管弱化了GDP考核指标，唐山市的经济增速并未因此放慢。这些年的地区生产总值、财政收入一直遥居全省第一。在科学发展的道路上，唐山正在实现新的跨越。

（原载2010年8月26日《人民日报》）

千年古都新跨越

——河北省邯郸市强力推进城镇化纪事

韩　轩

邯郸变美了！变得更繁华、更整洁、更豁亮、更时尚了！

高楼林立，马路宽阔，绿树婆娑，碧水环绕，千年古都邯郸，正以崭新的神采，焕发出现代化城市的逼人魅力。

"城镇面貌三年大变样行动，掀起了邯郸市新中国成立以来范围最广、力度最强、变化最大的城市建设新篇章。"邯郸市委书记崔江水深有感触地说，"两年多来，邯郸市拆除了1500多万平方米违章、危旧建筑，投资2000多亿元启动了四大新区建设，改造了65个棚户区、36个城中村，开工兴建了30个标志性建筑，实施了31项重大基础设施项目。由此，这个千年古城大步跨入繁荣、富裕、民主、文明、和谐的现代化都市行列。"

改变市容市貌，完善城市功能，是富民强市的必然选择，也是群众的强烈期盼

进入新世纪，城镇化水平低、城乡结构不合理，成为制约邯郸科学发展的严重瓶颈。城镇化率40.6%，落后工业化率近10个百分点，低于全国平均水平4.3个百分点。2007年的这组数据，映射出邯郸市城乡发展"小马拉大车"的尴尬。

"实施城乡面貌三年大变样行动，不仅是河北省、邯郸市贯彻落实科学发展观、保增长、保民生、调整产业结构、转变发展方式的重大战略举措，也是人民群众改善自身生活环境的强烈期盼。"邯郸市委书记崔江水对此印象深刻。

崔江水介绍，在科学发展观学习实践活动中，市委、市政府听到的意见和建议中，最多的就是改善城市环境、提高人民生活品质、增强城市辐射带动能力。当时，邯郸市虽是一个拥有110平方公里主城区、150万人口的特大中心城市，但是，因为城市建设上的长期欠账，市容市貌亟待改观，相当多群众的居住环境仍摆脱不了脏乱差。在2008年初，邯郸市有城中村40个、棚户区75片，遍布简陋的违章、临时建筑和破旧危房，房屋里没有水、电、气、暖、厕所，并且建筑质量差，甚至一场大雨、大雪就会导致房屋倒塌事件。有些小街道只有一两米宽，晴天一身灰，雨天一身泥，生活在其中的群众苦不堪言。

2008年初，按照河北省委、省政府的统一部署，作为科学发展、富民强市的重大战略举措，作为全面推进城镇化的重要抓手，邯郸市全力实施了城镇面貌三年大变样行动，掀起了规模最大、范围最广、成效最显著的城市建设新高潮。

城市建设，最难的是拆迁。邯郸市委、市政府的深切体会是：只要充分照顾到拆迁群众的切身利益，一切就都不难了。

"不论城市的旧改，还是拆迁，都是为了让广大群众生活得更好，生活得更有尊严，这项工作从一开始就得到了广大群众的积极响应、广泛支持。"崔江水说，在邯郸县十五里铺村、东柳林村，村两委班子带领干部群众自愿拆迁、自主开发，不用党政干部进村动员，就顺利完成了拆迁改造工作。

南水北调工程邯郸段，全长73公里，占地1.57万亩，需要245户群众拆迁6.5万平方米的房屋。所有拆迁群众毫无怨言，都按时拆迁。北京到武汉高铁邯郸段，邯郸到黄骅铁路工程，牵涉到10多县几千户群众拆迁，都得到了积极支持、配合。

因为政策宣传到位、程序合法、拆迁补偿到位、安置到位、干部工作到位，更因为广大群众的顾大局、识大体，邯郸市的拆迁工作进展迅速。两年多来，邯郸市区及各县城拆除危、陋、破、临、违建筑，占城市建成区总面积的10%。

千年古都邯郸正在成为一座产业繁荣、人民幸福的现代新城。

城市框架大大拓展，"1+6"组团式城镇化发展格局初显，高速公路、铁路、航空及城市快速通道"四位一体"交通网初步形成，城市功能和综合承载能力得到大幅提升。全市投资150亿元实施路网工程，初步形成了三纵、两横、一环高速公路网。全长369公里的邯郸至黄骅港铁路正式开工，又为邯郸及周围的13个中原城市群打通了另一条出海大通道。

据邯郸市发改委介绍，到2020年，邯郸市城镇规模将扩大到3854平方公里，其中邯郸市中心城区面积将达到550平方公里，人口220万，城镇化率将提高到58%以上。

城镇化建设，对保增长、促就业、保民生功不可没

以城镇面貌三年大变样行动为抓手的城镇化建设，有力拉动了邯郸市的经济增长。

2009年，在金融危机肆虐下，邯郸市完成固定资产投资1450亿元，当年生产总值、财政收入历史性突破了2000亿元和200亿元大关。其中仅城建投资即拉动全市GDP增长近2个百分点，直接安排就业8万人。进入2010年这个"三年大变样"的决战之年，邯郸市又确定了总投资1835亿元的项目建设大盘子，将加快建设"南北东西"4个城市新区，兴建10大标志性建筑，打造10大城市景观，实施10大基础设施建设。仅在3月17日至26日10天时间，就有投资366亿元的121个大项目相继开工。

邯郸市市长郭大建说："城镇化建设，不仅对保增长、促就业功不可没，而且更是一项造福千家万户的民生工程。"

2009年，全市财政用于民生的支出达121亿元，同比增长30%，创历史新高；2010年，邯郸市的民生投入又增加到150亿元。

据市卫生局统计，2009年6月以来，全市新建综合医院、专科医院9家，新

◎ 上图：1989年的邯郸人民路
◎ 下图：2009年的邯郸人民路

建社区诊所16家、卫生所（室）50家、门诊部1家。2008年以来，新建、改建学校232所。

邯郸市城镇化建设中，着力搞好百姓身边的住房保障、道路交通、供气供热、园林绿化等工程建设。两年多来，全市建设了18个城市公园、24个城市广场、114个街头游园，实现了市民出门见绿抬头见树、300米见绿地、500米见广场；建设了100个便民小市场、60个快餐亭，保证居民买菜、小吃不出300米；建公厕、停车场各100个，保证居民出行方便；建成廉租房、经济适用房14800多套，为1万多户低收入家庭圆了住房梦；将公交线路覆盖主城区所有街巷，300米内有车站，50分钟可到达任意地点；完成了主城区323条背街小巷中最后60条的改造，实现了路平、灯明、街容整齐。截至2009年底，邯郸市建成区绿化覆盖率、绿地率、人均公共绿地分别达到了45%、38%和13平方米。

邯郸经济开发区坚持"工业反哺农业、城市带动农村"，下大力解决农民最关心、最直接、最现实的问题，让失地农民领取"退休金"；每年举办专业技能培训班为失地农民寻找就业机会；对13所农村小学免学杂费、书本费、校服费，免费参加人身意外伤害保险和校方责任险；凡患重大疾病需要支付高额费用却又无力承担的村民，开发区财政将补贴一定数额的救助金，基本实现了"老有所养、壮有所为、少有所学、病有所医、弱有所靠"。

城镇化，有力助推产业结构调整和发展方式转变

"三年大变样"行动，还是邯郸调整产业结构、加大节能减排力度、转变经济发展方式的重大契机。

在拆除危、漏、破、临、违建筑的同时，邯郸市还强力拆除、搬迁主城区的重污染、高排放企业。市区内300立方米以下的6座炼铁高炉、小水泥厂、小造纸厂全部拆除，化工区30多家企业整体搬迁出城，腾出土地3万多亩，为调整产业结构、新上高新技术产业项目提供了广阔空间。

针对钢铁煤炭产业过重、能耗污染排放过大的现状，邯郸市结合"三年大变样"行动，强力推动节能减排，促进产业结构调整和发展方式转变。邯郸提出了"3+3+3"产业倍增计划：重点发展精品钢材、装备制造、现代物流三大主

导产业，积极培育以新材料为主的高新技术、纺织服装、文化旅游三大后备产业，巩固提升煤炭、电力、煤化工三大传统优势产业。

2009年，邯郸的装备制造业投资第一次超过钢铁，成为第一大投资产业。今年以来，全市投资1698亿的116个省重点项目全部开工兴建。其中，装备制造、高新技术、现代服务业等新兴产业项目达65个、总投资703.2亿元。邯郸调整经济结构、转变发展方式的步伐悄然加快。

在推进"三年大变样"中，邯郸市坚持"以产兴城、以城带产"，规划在主城区南部建设"冀南装备新城"，打造冀中南地区增速快、质量高的装备制造业增长极；在主城区西部建设邯钢工业新区，打造国家级钢铁工业循环经济示范区、内陆型地区钢铁产业综合聚集区；在主城区东部建设经济技术开发区，建设集高科技产业、商贸、金融、生态旅游为一体的现代化综合性新城区；在主城区北部建设广府生态文化园区，建设集古城、水城、太极城于一体的国内外知名的旅游胜地；在市南部的漳河北岸建设漳河生态科技园区，建设在全省乃至全国具有较大影响的生态城、科技城、文化城和都市休闲港。

2010年3月21日，投资50亿元的美的邯郸工业园落户邯郸开发区，填补了河北家电制造产业空白；投资69亿元的新兴铸管特种管材基地落户冀南装备新城，以世界领先的无缝钢管离心浇铸技术为支撑，冀南装备新城有望在3至5年内，成为世界最大的特殊无缝钢管生产基地。

以构建现代产业体系为方向，以科技创新为动力，对接"十二五"规划的邯郸主导产业倍增计划正在加紧实施。3至5年后，邯郸高新技术产品将发展成1000亿元以上的产业规模，成为具有国际竞争力的新材料研发生产基地。

感　言

毛主席曾讲过，"邯郸是要复兴的……"。新时期的邯郸人肩负着"补课"与"赶超"的双重任务，一定要有坐不住、等不得、不能等的紧迫感、责任感，加快科学发展步伐，推动富民强市进程。

我们抓城乡改造建设，最终目的是让老百姓过上好日子，不能让群众住在"规划"中、住在"图纸"上。

我们干工作，很重要的一点就是提高科学决策水平，不能把责任推给后人，把问题留给历史。

干部就是要干事，就是要攻坚克难。无论是城市拆迁，还是节能减排，越是最艰苦的地方，越是要用最优秀的干部；越是不放心的岗位，越是要用最放心的干部。

——中共邯郸市委书记崔江水

转变发展方式是科学发展的内在要求，它已经不是暂时性、局部性、表面性的调整，而是一场长期性、全局性、根本性的伟大变革。

今年是城镇面貌三年大变样的决战年，在这个关键年，我们必须以更大的魄力、更高的标准、更强的力度，深入持久推进，务求见到实效。

实施产业倍增计划，加快转变发展方式，事关邯郸长远发展。我们要坚持在调整中推进产业升级，在发展中扩大经济规模，通过3-5年的努力，闯出一条转型、跨越、崛起之路，力争全市生产总值达到4000亿元、财政收入完成400亿元，努力实现经济总量翻一番的宏伟目标。

——邯郸市人民政府市长郭大建

（原载2010年7月4日《人民日报》）

把城镇化建设作为最大的惠民工程
——透视河北省邯郸市加速城乡统筹发展之路

朱　峰

一座3000年未改其名的历史文化名城，一座正蓬勃兴盛的晋冀鲁豫区域中心城市，2010年，两种身份完美交汇在已展新颜的古城邯郸。经济结构不断优化，百姓幸福指数不断攀高，内涵品位和外部环境品质不断提升……自2008年以来，河北省邯郸市吹响加快统筹城乡区域发展的集结号，把推进城镇化建设作为最大的惠民工程，探索出一条中等城市转型复兴之路。

从"邯郸制造"到"邯郸创造"

今年3月20日，新兴铸管特种管材生产基地项目在邯郸开工。多年来，钢铁业一直是邯郸市的支柱产业，众多钢企在全国都占有举足轻重的地位。但长期以来，产品单一且缺少核心技术，成为邯郸钢铁业发展的一道瓶颈，"邯郸制造"迟迟无法成为"邯郸创造"，而已经开工的新兴铸管特种管材生产基地项目有望改变这一现状。这个基地将生产双金属复合管、高端无缝钢管等，是目前市场稀缺的高附加值产品。

资源众多，城市与农村的产业布局却不能有效对接。为突破这一城镇化进程中的现实瓶颈，邯郸市近年抓住转变经济发展方式这条主线，积极推进产业结构优化升级。城市重点发展装备制造、新材料及现代物流、商贸服务、文化旅游等产业，积极引进沃尔玛、大润发等现代物流项目，大力发展连锁经营、物流配送、电视购物等，构建大市场、大商贸、大流通格局。

在推进城镇化道路过程中，邯郸市坚持产业布局"一盘棋"，优先发展高科技低碳绿色产业。从市域层面，重点推进主城区南部150平方公里的冀南装备新城，打造冀南地区增速快、质量高的装备制造业增长极。在开发区建设集高科技产业、商贸、金融、生态旅游为一体的现代化综合性新城区。县域将建设广府生态文化园区，打造集古城、水城、太极城于一体的国内外知名的旅游胜地。

既有钢铁煤炭等传统产业，又有装备制造、现代物流等新兴产业，还有文化旅游、高新技术等后备产业，一条更加合理的梯次产业链正在邯郸城乡遍地开花。

不让农民带着锄头进城

"我们现在所处的地方就是一座危楼，连4级地震都抗不了。设计寿命30年，现在超期'服役'4年了。"在邯郸市政府的三楼办公室里，市长郭大建告诉记者。但在加快城镇化改造拆除危旧建筑的过程中，邯郸市的决策者却将政府危楼的拆迁留到了最后。

"先让百姓住进新屋，我们心里才踏实。同时还必须把公共服务做好，让城中村的农民真正成为市民，而不是带着锄头进城。"郭大建说。

就在离邯郸市政府危楼不太远的地方，丛台区十里铺村的城中村改造回迁新楼已拔地而起，村民王大爷几乎每天都来新楼前转悠两圈，"听说这是一个现代化的小区，水电气暖都有，我家的面积有120多平方米。这是以前做梦都不敢想的事。"

按照邯郸市推进城镇化面貌三年大变样实施方案，从2008年到2010年，邯郸市要拆除1000多万平方米的违章建筑、超期临建、旧城、旧区和城中村等。拆迁力度之大前所未有，但却受到了百姓的空前支持。

亲情化拆迁，阳光化操作，邀请群众代表全程参与丈量、评估、交房、拆迁各个环节，同时抓住拆迁的时机，积极解决由宅基地引发的干群矛盾、邻里纠纷，化解影响稳定的各类矛盾纠纷。这些都成为邯郸市和谐拆迁改善民生的宝贵经验。

统一科学的城市改造建设使过去的城中村变成了"寸土寸金"，"老房旧屋"变成了"金元宝"，许多农民一拆即富，在搬迁中尝到了城市财富增值的大甜头。丛台区东庄村算了一笔账，原村集体土地改造后折算新增商务面积2.5万平方米，以每平方米每年360元出租，每年将新增900多万元的集体收入，群众的家底更富，服务保障能力更强。

"更为重要的是，通过各级干部的依法推进、有情操作，真正使这场史无前例的大规模城市改造建设变成了造福群众的惠民工程、锤炼干部的育人工程、增进和谐的鱼水工程、夯实基层的堡垒工程。"邯郸市市委书记崔江水说。科学有序的拆迁新建，给搬入新居的城郊农民解决了后顾之忧，医院、学校等配套公共服务设施一应俱全，充裕的社区管理、家政、零售、保安等就业岗位，让更多的农民不用种地也能很好地生活，成为真正的市民。而必要的耕地实现了现代化耕作和科学管理模式。

一部戏推介一座城

在刚刚结束的第九届中国艺术节上，邯郸市大型魔幻舞台剧《黄粱梦》一票难求，剧团不得不以加演的方式满足观众，目前国内档期已经排满，海外也有不少国家向剧团发出了邀请。该剧由邯郸市政府和河北省文化部门联合打造，民营企业投入巨资支持，是邯郸市利用民间资本助推文化产业发展的一次成功尝试。

"一部戏推介一座城，这就是文化的魅力。繁荣文化提升软实力，是邯郸打造区域经济中心加快城镇化改造的不可或缺环节。"邯郸市委常委、宣传部长贾永清说。

作为一座国家级历史文化名城，邯郸拥有8000多年文明史、3000多年建城史。赵文化、磁山文化、女娲文化、曹魏建安文化均在此兴盛。杨式太极拳和武式太极拳中兴发祥于此，又让邯郸拥有独特的广府太极文化。具有邯郸地方特色或与邯郸有密切关系的成语典故达1500条之多，邯郸又有成语之都美誉。

在推进城镇化进程中，邯郸市坚持依托文化资源的优势，努力把深厚的文化底蕴转化为现实的文化生产力，真正成为引领邯郸未来发展、转变发展方式的战略性主导产业，在发展经济的同时提升城市品位。

赵王城遗址公园、邺城遗址保护开发、黄粱梦城文化休闲中心……一系列文化开发项目工程陆续开工上马，"梨园春"明星擂主演唱会、国际标准舞全国公开赛、民间自办家庭书画展……一出出文化大餐轮番上演。

引进战略投资者是增强经济实力、活力、竞争力的重要途径。在优惠政策趋同抵消的背景下，城市的形象、功能和品位就是招商引资的最大资本。正是因为达成了这一共识，邯郸在城市改造建设中才不忘深挖城市内涵，通过增强文化软实力不断增强城市的辐射带动能力，一座充满生机和活力的现代文化产业新城已初具规模。

在谈到邯郸市近3年来的加速城镇化建设发展之路时，崔江水说："这是一项最大的民生工程，是财富增值、民生改善、锤炼作风、提升干部能力、加强基层组织的平台，广大群众已经并将继续从中受益。邯郸将坚定不移、又好又快地推进城镇化建设，让更多的发展成果惠及人民群众。"

（原载2010年7月4日《人民日报》）

生态文明城市的一颗耀眼明珠

黄抗生

河北承德，原名热河，已经有300多年的生态文明沉淀。清帝康熙曾赞誉这里"自有山川开北极，天然风景胜西湖"。这座名古因丹霞山水的特征，成为生态文明城市的一颗耀眼明珠。

承德生态文明建设成效显著，处处绿意盎然，令人赏心悦目。除了城市的山水辉映，生态灵动，承德围场塞罕坝的绿色生态更是惹人喜爱。目前，全市森林覆盖率达80%以上，国家级自然保护区数量已达5处，省级自然保护区达到8处，保护区面积接近河北省自然保护区总面积的一半；已经建成6个国家级森林公园，10个省级森林公园，生态环境位居河北省首位。

承德先后获得国家首批公布的24个历史文化名城、中国十大风景名胜、中国十大休闲旅游城市、中国十佳避暑旅游城市、感动世界的中国品牌城市、国家园林城市等桂冠，独特的魅力吸引了国内外众多游客前来旅游，旅游业逐渐成为全市的战略支撑产业。继往开来，面对新时代赋予的历史责任，承德市提出建设国际旅游城市的目标，要把承德建成"精致、独特、典雅、生态、宜居、宜游"享誉国内外的历史文化名城。

◎ 承德市科学发展主题公园

改善生态环境，打造生态文明城市的灵性与清秀

为让绿色延伸到城市的每一个角落，近年来，承德市全面实施《生态市建设规划》，依靠丰厚的旅游资源，结合生态建设，维护并改善承德的生态环境，提升旅游资源质量，增加生态旅游内涵，开发旅游景点，完善旅游服务设施，目标是将承德建成融自然生态与历史文化为一体的，享有国内外声誉的集观光游览、度假休闲、游憩娱乐、会展会议于一体的国际著名旅游城市。

利用京津水源地区域优势，加强承德地方环境保护建设。承德环京津，处于京津冀经济圈内，自从"京津风沙源治理工程"、"退耕还林工程"、"21世纪初期首都水资源可持续利用规划等大型生态建设工程实施以来，承德市抓住机遇，充分利用这一优势，以"水"为媒，以区域生态建设为纽带，与京津联姻，争取支持，共同发展。目前，承德已经成为京津绿色食品生产基地、劳务输出基地和产业转移、科技项目试验基地。

调整产业结构，发展生态经济，走可持续发展道路。承德以生态环境治理工程为持续发展，根据本地条件，发展特色种植业。促进畜牧业结构的优化和升级，推进"生态富民工程"，进行牲畜品种改良，改变传统饲养方式，发展高效品种养殖。此外，承德还注重扶持发展第二和第三产业，转移农村剩余劳动力，结合当地旅游资源，开发生态旅游区。

落实政策，健全机制，调动干部群众加强生态建设的积极性。承德明晰产权、责任到户，通过承包、租赁、股份合作等多种有效机制落实土地产权；严格执行"谁承包、谁治理、谁受益"等举措，让承德的森林覆盖率超过1.4个百分点的高速度递增，今年已达到54.89%；森林涵养水源能力比上世纪50年代提高了18.5倍；沙化面积比上世纪80年代减少了34.8%。2010年上半年，承德市区空气质量优良天数达到90%，刷新了承德有监测史以来的记录，一级天数全省排名第一，生态环境和水环境质量继续保持全省最优。

承德优美的环境吸引了世界的目光，国际生态城市建设理事会经过筛选，选定承德为第四届"国际生态城市建设论坛"的主办城市。

发展生态经济，让生态文明建设惠泽民生

承德作为京津绿色屏障，承担着阻止风沙、涵养水源的重任。承德采取了生态、经济双管齐下的治理模式，不断开发风能、太阳能、水能、生物质能等可再生能源。到今年年底，承德风电总装机容量将达到100万千瓦，全市使用可再生能源比重将达到40%，成为华北重要的可再生能源基地。

承德先后实施了"三北"防护林体系建设，退耕还林、京津风沙源治理等林业重点工程，特别是通过京津风沙源治理工程，实现工程区内"小雨不下山，大雨缓出川，暴雨不成灾"的生态治理目标，土地沙化和水土流失现象得到有效控制。防护林犹如一道"绿色长城"，护卫着全市40万公顷农田和120万公顷的草场。

治沙更要致富。种树不但制住了沙子，而且还是致富的好门路。承德通过风沙治理工程，推动了农业产业化发展，全市人均拥有9亩果树的资产，有324个村靠林果致富，林业产业总产值达到37.68亿元，林业已成为承德农村经济的支柱产业。

沙里淘金，做强沙产业，形成绿化，富农良性循环。承德丰宁小坝子乡大力发展新兴硅砂产业，不但可以较好地解决全乡青壮劳力的就业问题，而且能有效治理风沙，让小坝子绿意更浓。

除了用好沙子，承德市还大力开发风能。承德风能资源丰富，目前，已经批复项目199万千瓦，在建项目6个，建设规模40万千瓦。预计2015年可完成全部规划装机容量520万千瓦。

挖掘生态文化，增加生态文明城市的华彩

承德把创建山水园林城市作为提升城市发展水平、改善城市容貌环境、打造区域品牌城市的重要举措。市区初步形成了以城乡大环境绿化为基调，以皇家古典园林为品牌，以山体园林景观为特色，以滨河园林景观为亮点，以游园绿地为精品，以道路绿地为网络，以单位庭院和居住区绿地为补充的点、线、面结合的园林城市格局。建成区绿化覆盖率达到41.2%，绿地率为37.2%，人均公共绿地24.9平方米，其余各项指标均达到国家园林城市标准。承德市将创

建国家园林城市工作纳入创建全国文明城市、国家卫生城市、全国双拥模范城"七桂冠"、全国生态文明示范区等"六创联动"工程，制定了《"六创联动"工程实施方案》。经过组织实施，构筑起绿量适宜、分布合理的"一核、两环、两河、两线多点"的园林景观格局。2010年，承德市获得"国家园林城市"称号。

近几年，承德建成了佟山、罗汉山、鳄鱼山等28处山体休闲公园，充分展现了山城的自然景观，公园绿地像一颗颗闪亮的星星照浓了城市的绿色。

承德市一直把历史景观保护工作摆在突出位置，认真实施各项条例和规划，除对避暑山庄和周围寺庙进行大规模改造绿化外，先后组织实施了180余项古建筑整修和修复工程，对避暑山庄宫殿区、湖区现存古建筑及普陀宗乘之庙等寺庙建筑进行了全面的维修保护。对避暑山庄内历史上知名的松鹤斋、普陀宗乘之庙千佛阁、殊像寺宝相阁等30余处古建筑按照原形貌、原工艺进行了恢复。先后完成了30余项园林绿化整治工程。对古树古木采取各项措施进行保护，对植物病虫害实施综合防治。实施引水工程，恢复了避暑山庄的自然水系循环。按照《历史文化名城保护规划》，对城隍庙、文庙、武庙等历史遗存的地形地貌和历史景观按历史原貌进行了恢复。

目前，承德八县三区都在挖掘文化内涵，着手为建设国际旅游城市进行布局。其中，宽裕的水下长城已闻名中外；平原的活性炭产业已经初具规模；丰宁的古生物化石保护区已经建成地质公园；双滦区正在打造的"鼎盛王超"文化产业园区，实景演出将与风景秀美的承德名山——元宝山景区融为一体。

享受环境，享受绿色，享受生命……承德是一座宜居宜游的幸福之城。

（原载2010年8月13日《人民日报》）

着力拆旧拆陋　向国际旅游城市挺进

郭　峰　高振发　李建成

　　老城区76家机关单位完成外迁，腾出城市"金角银边"；停建21个住宅项目，老城区疏散4万人；投资46亿元改造5个城中村，涉及6000余户、18500多人……今年，承德市以建设国际旅游城市为抓手，继续推进"中疏"战略，做好"拆、控、转、引"四篇文章，以大投入、大拆迁、大建设实现城市面貌的大变样，全力彰显"承德魄力"。

着力拆旧、拆陋、拆违，为打造文化休闲旅游大景区腾出空间

　　承德市以避暑山庄和外八庙景区周边环境整治为核心，着力拆旧、拆陋、拆违，把无价的文化遗产露出来，把独特的真山真水亮出来，把休闲旅游服务设施建起来。目前，全市已累计拆迁226万平方米，腾出土地246公顷。2009年，该市投资近10亿元实施了碧峰门、迎水坝、酒仙庙、会龙山4大片棚户区的改造。今年，该市又投资46亿元实施外八庙周边村庄整体拆迁改造，一次性改造5个城中村。6月底前可拆除完外八庙周围的5个村和山庄周边与历史文化遗产不相协调的建筑，完成承德历史上最大规模的古城风貌和文化遗产还原工作，为打造文化休闲旅游大景区腾出空间。

　　加快推进老城区内与还原历史风貌、发展休闲旅游不相符、不协调的企事业单位和各专业市场的外迁。届时，避暑山庄及外八庙区域的休闲旅游环境将得到优化、提升，服务配套设施将进一步完善，打造我国北方最大的皇家文化、佛教文化休闲旅游带，为建设国际旅游城市奠定基础。

高品位规划，描绘独特的城市风貌

城市总体规划由中国工程院院士周德慈和古建筑学家罗哲文审定；产业规划由德国罗兰·贝格公司编制；城市设计由屡获国际大奖的黄文亮、符之文担纲……在城镇面貌三年大变样工作中，承德市打开规划市场，实行国际招标，确保了规划的高起点、高定位，力争规划设计少留败笔，少留遗憾。

为编制一流的城市规划，虽然财力有限，但承德市在城建规划上舍得投入。两年多来，先后筹资2亿多元，聘请国内外一流设计单位和专家编制完成了城市总体规划、专项规划、控详规、重要节点片区修建性详细城市设计等各层次各类规划78项。市区规划用地面积由84平方公里扩展到120平方公里，城市规划控制区域面积达到1250平方公里，"五区三带"城市发展格局初步摆开。

在老城区坚决停批、停建任何住宅，对2004年以来老城区内已拆未批、已批未拆、已拆未建和正在实施的45个地块，进行集中梳理和分类研究。在满足城市功能和景观环境要求的情况下，划分严控区、过渡区和一般控制区。2008年6月至今，承德市在老城区内新批城市建设项目51个、建筑面积118万平方米，批建总量仅为2007年审批总量的1/2。

转：大力度转型，加快产业布局调整

承德对城市功能进行了重新定位和划分，规划了"五区三带"城市空间格局。老城区承担休闲、旅游、文化、商业会展功能，龙头产业是旅游；南区承担行政、文化、教育、商务、居住功能，龙头产业是商务会展；上板城区承担制造业、加工业基地功能，龙头产业是高新技术产业；西区（双滦区）承担钒钛园区和休闲旅游附属功能，龙头产业是钒钛制品；北区承担休闲旅游度假和现代物流功能，龙头产业是现代物流。

以休闲旅游为城市核心产业，依托避暑山庄及周围寺庙，将丰富的自然、

人文资源转化为休闲旅游产品，打造由皇家文化、佛教文化、民俗文化、商业文化构成的休闲旅游产业体系。精心打造皇家文化旅游"走廊"，有重点地恢复文庙、道台衙署、热河老街等古建筑，以传承历史文脉，还原古城风韵，营造浓厚的皇家文化氛围，突出"皇家游"品牌。并按照"城市即景"的思路，保护和恢复一批小街古巷等历史文化街区，改建、扩建、新建一批具有地方特色的酒馆、茶馆、古玩店、手工作坊等，鼓励发展演艺、茶艺等休闲文化项目。推出1至2台大型实景文化演出精品，提升历史文化和地域文化的吸引力，让游客深切感受到承德独特的"民俗游"风情。

引：高标准建设，精心精细精致建设城市

围绕打造"精致、独特、典雅、生态、宜居、宜游"的城市特质，承德坚持先规划后建设、先建设后拆迁、先拆迁后出让的原则，在完善服务功能上大做文章。

今年，承德市计划投资455亿元，重点抓好550个城市建设项目。建设"四纵五横"路网，并谋划市区大外环，大手笔拉开城市骨架，拓开城市发展空间；重点实施水系整治、添彩增绿和城市亮化三大工程；进行水、路、桥、店、景五位一体综合整治，把旱河打造成观景休闲长廊和夜经济繁荣带，并修建橡胶坝、生态湿地，使市区新增水面436万平方米，达到1200万平方米；以城区周围山体、主干路两侧、城市出入口为重点，完成绿廊、绿带、绿环、绿点建设，提升城区绿化美化亮化效果；加快新城建设，重点抓好休闲商务区、地标性滦河景观大桥、医院、学校等设施建设，完成百万平方米高品质商住小区、26万平方米滦河沿岸景观带等工程建设，初步营造出新城的优美环境，吸引人流向新城转移。

通过对老城区做"减法"，对新区做"加法"，到2020年，老城区人口将由26.2万人降至19万人，建成区面积扩展到120平方公里，总人口达到80万人，使承德成为驰名中外的"中国北方休闲之都"。

（原载2010年5月6日《河北日报》）

张家口倾力打造区域中心城市

王翠莲　王雪威

清水河一渠碧水穿城过，环城山万亩吐翠荫遮城，沿街亮化星光璀璨辉映夜空，高楼毗连大厦林立遍布城区，立体交通日臻完善四通八达……白云、蓝天、清流，红花、绿叶、芳草，高楼、车流、华灯，如今，越来越多的张家口市民感叹着山城发生的巨变。

张家口地处京、冀、晋、蒙四省市区交界处，是环渤海经济圈和晋冀蒙经济圈的重要节点。2008年以来，该市坚持把城镇面貌三年大变样工作作为提升城市承载力、辐射力和长远竞争力、打造后发优势的战略举措，以大拆促大建，以大建促大变，一个交通优势突出、区位优势拓展、经济布局合理、资源禀赋聚集、发展潜力广阔、要素活力迸发、创新能力独特、生活环境优越的京冀晋蒙交界区域中心城市正在迅速崛起。

承载功能日趋完善，宜居指数持续提升

随着环渤海经济圈的崛起和对北京、天津城市功能的重新定位，京津冀城市连绵区"2+8"城市群的加快融合就成为大势所趋。作为京津冀中心城市群外围的一个特殊区域，2008年以来，张家口市为快速融入这一城市群、参与区域竞争，实施了历史上规模最大、投资最多、力度最强的城市建设工程，共完成

城建投资928.3亿元，其中主城区完成623亿元，完成拆迁760万平方米。

着眼于百年发展，该市制定了总规划面积1120平方公里的主城区《城市空间战略规划》，确定了"生态涵养、文化居住、产业聚集、商贸物流"四大功能分区，搭建起未来发展的整体框架。

针对主城区三面环山、发展受限的状况，他们在周边浅山区修建了全长44公里的环城快速路，高标准治理清水河23公里，启动了38.5公里的洋河综合治理和总面积1600多亩的明湖公园建设。两年新建和改造城市道路220公里、立交桥20座、跨河桥梁15座，中心城区面积由105平方公里扩大到285平方公里，拓展了城市空间。

强大的区域战略地位，是区域中心城市必备的先决条件。其核心是强辐射、高聚集、快流动、低成本的现代化、高速化、立体化综合交通枢纽功能。

张家口最大的优势就在于此。目前，该市高速公路通车里程已达560公里，居全省之首、全国地级市第六，2013年将达到1300公里。今年，他们将进一步加快推进9条高速公路的续建和前期工作，推进实施京张城际等5条铁路建设，军民合用机场明年初可投入运行。

持续提升城市的宜居指数，让宜居成为城市气质、城市招牌。为此，张家口市实施了主城区周边640平方公里荒山的绿化工程，使城市绿地率、绿化覆盖率、人均公园绿地面积分别由2007年29%、35%、5平方米增加到2009年33.5%、37.9%和8.6平方米。为改善居民生活环境，两年来，他们建设经济适用住房、廉租住房68万平方米，启动了16个城中村改造、31个棚户区改建和26个旧小区的改善工程。对40条街巷进行了改造建设，对近百条街巷进行了照明改造，今年还将完成全部支路背街小巷的改造任务。

为创造良好的宜居环境，张家口市加快了集中供热建设，使主城区80%的商住小区实现了集中供热。铺设天然气长输管线174公里，2011年主城区可全部实现集中供气。主城区污水、垃圾处理项目全部竣工投入运营，城市污水和垃圾处理率分别达到80%和87%，城市空气质量达到国家二级标准，提前一年完成省定目标，城市生态环境质量位居全省前三位，2009年进入省级园林城市行列。

增强辐射带动能力，打造长远竞争优势

强大的经济实力与竞争能力，是区域经济加速发展的核心条件。张家口市强化城市建设与产业发展共生互动的理念，积极转变发展方式，优化产业布局，重新确立了以低碳经济为主导的"4+3"产业发展定位。充分利用周边的荒山、荒坡，建设了总规划面积130平方公里的西山、东山、望山三大产业集聚区和南山、商贸、空港、京西四大物流园区，逐步将市区各类工业企业全部搬迁至产业集聚区。

目前，产业集聚区入园企业达到39家。这些企业全部投产后，可实现年产值200多亿元，上缴税金30多亿元。四大物流园区、张北风电设备制造园等已初具规模，形成了环渤海区域最大的产业园区集群。

随着城镇面貌三年大变样工作的深入推进，该市经济发展出现了一些具有"拐点"意义的变化：2009年，新增民营经济单位7800个，其增加值占全市经济总量的52%；利用外资8288万美元，引进内资191.5亿元，同比分别增长30.1%和39.2%；拓展了与国电等中直单位和央企的合作，引进了英国乐购等一批世界500强和国内500强企业；被评为中国金融生态城市和最具发展潜力城市……

从自身的迫切需求和现实需要出发，今年，该市将投资720亿元加快城市建设，使城建实现由"夯基础"、"重建设"、"以城为主"向"出品位"、"促繁荣"和"城乡互动"新阶段迈进，实现城市化和工业化的良性互动，逐步打造成为四省市区交界区域内的制造业集聚中心、交通物流中心、技术与制度创新及扩散中心、文化旅游中心、城市群中心、区域后勤保障中心，进而形成独具魅力的区域中心城市。

（原载2010年5月4日《河北日报》）

上水平　出品位　生财富　惠民生
建设京冀晋蒙交界区域中心城市

刘永刚　李晓明　王翠莲　王雪威

虎年新春新气象。

农历正月初七，新春上班第一天，张家口市委领导取消拜年活动，召开市委常委扩大会议，专题研究今年城建重点工作。

农历正月初八，张家口市城镇面貌三年大变样2009年总结表彰暨2010年工作动员部署大会隆重召开，掀起了2010年城镇面貌三年大变样攻坚决战的帷幕。

巨变2009
历史上规模最大、投资最多、力度最强的城市建设工程，北方山水园林生态城已具雏形

2009年是张家口城市建设史上浓墨重彩的一页，在这一年，全市实施了历史上规模最大、投资最多、力度最强的城市建设工程，张垣大地发生了历史性的变化。全市累计完成城建投资613.3亿元，比上年增长了94.7%；其中主城区完成355亿元，比上年增长了32.5%。各县完成城建投资258亿元、完成拆迁180万平方米，分别是上年的5.4倍、1.3倍。主城区实施了160多项建设工程，数量之多、力度之大、速度之快创历史之最，被评为"全国最具发展潜力品牌城

市"。

灵动的河水、便捷的交通、完善的园区，现代城市框架初显，发展空间豁然开朗

治河蓄水，全面完成了清水河上、下游13公里河道治理任务，蓄水总长度达到23公里，蓄水总面积达到270万平方米，蓄水量近500万立方米，治理后的清水河成为城市靓丽的景观带。洋河综合整治工程全面启动，总面积1600亩的明湖公园完成年度工程进度。

道路桥梁，完成了张宣大道、钻石路、西坝岗路等"九纵六横"道路拓宽改造工程，新建和拓宽改造城市道路110公里，城市人均道路面积由2007年的11平方米增加到14平方米，提前一年超额完成省定目标任务。新建建设桥、新垣桥、纬五桥等5座跨河大桥，对清水桥、解放桥、纬一桥等5座桥梁实施了景观亮化和便道整治。

园区建设，西山、东山、望山三大产业集聚区基础设施建设日趋完善，已有39家企业入园发展。

工业外迁、增绿添彩、环境治理，人与自然更加和谐，宜居指数大大提高

大气治理。着力实施"工业外迁"战略，启动搬迁城区内工业污染企业11家，据省环保环境质量监测显示，去年城市空气质量好于二级以上天数达到336天，提前一年实现省定目标任务；城镇二氧化硫浓度、二氧化氮浓度、可吸入颗粒物浓度三项指标年平均值和灰尘自然沉降量全部达到和超过城市空气质量标准。城市生态环境质量被评为良好，位居全省前三位。

城市绿化。大力实施"增绿添彩"工程，绿化荒山35万亩；城区内新建和改造游园10个，绿化主次干道20条，新建和改造绿地40块，新增绿地面积113万平方米，城市绿地率、绿化覆盖率、人均公园绿地面积分别由2007年的29%、35%、5平方米增加到2009年的33.5%、37.9%和8.6平方米。

污染物治理。主城区污水、垃圾处理厂（场）、医疗垃圾处理场和建筑垃圾处理场全部建成并投入运营，污水再生利用工程完成了日处理能力3万吨的中水厂建设任务，城市污水和生活垃圾处理率分别达到85%、65%，提前一年完成省定目标任务。

集中供热供气、兴建文化设施、配套设施推进，城市功能更趋完备，承载能力进一步提升

集中供热。铺设城区供热管网57公里，建设热交换站13座，实现集中供热面积280万平方米。

集中供气。积极推进应张天然气建设项目，完成长输管线124公里，累计铺设入城次高压管线23公里，实现城市集中供气40万平方米。

供水改造工程。改造城市供水管线8公里，建设供水泵站4座，解决了南北水源不能互通和市区内部分区域居民用水困难的问题。

文化艺术设施。新建候车亭61个，设置交通标志、标识牌340块，新增垃圾废物箱1000个。新建和改造便民市场4个、停车场30个、公厕35座。

旧城改造、新区开发、安居工程，让更多的市民迁入新居，"民心工程"得民心

"三改"工程。启动实施了7个城中村改造项目（累计达到11个）、31个棚户区改建项目、14个危陋住宅小区改善项目，"三改"进度基本达到省下达的目标要求。

廉租房建设。筹集廉租住房4183套，超额完成省下达的目标任务，到去年底已交付使用1362套。全市1.2万户符合条件的城市低收入住房困难家庭保障率达到100%，全市人均住房建筑面积15平方米以下的城市低收入家庭保障率达到100%。经济适用住房竣工15.5万平方米，超额完成省定目标任务。回迁安置房建成2264套、16.5万平方米，完成年计划任务。

稳健有序地推进商品房建设。全年开工建设普通商品房620万平方米，竣工305万平方米，满足了不同收入群体的住房需求。到去年底，中心城区人均住房面积达到26平方米，位居全省前列。

拆除违建、美化亮化、综合治理，形象品位日益提升，现代城市魅力彰显

拆除违章建筑52.7万平方米、临建32.5万平方米，规范户外广告4700余块。同时，大力实施"美化、亮化、净化"工程，打造城市靓丽景观。楼体穿衣戴帽180栋，粉刷楼体36万平方米。完成了快速路及互通亮化升级改造工程，完善城区道路功能，桥梁、清水河两岸栏杆、八角台、鱼儿山山体亮化及65座建筑物景观亮化，城市夜景灯火璀璨，初具现代城市魅力。

攻坚2010

上水平、出品位、生财富、惠民生，打造区域中心城市、现代城市、特色城市

在深入分析全市发展现状、科学把握未来发展趋势的基础上，该市提出了建设"京冀晋蒙交界区域中心城市"的发展战略定位，力争把张家口建设成为四省区市交界区域内的制造业集聚中心、交通物流中心、技术与制度创新及扩散中心、文化旅游中心、城市群中心、区域后勤保障中心。围绕这一主攻方向和战略目标，今年将按照"上水平、出品位、生财富、惠民生"的总体要求，打造区域中心城市、现代城市、特色城市。

全市计划完成城建投资720亿元，其中主城区计划完成城建投资430亿元（不含新区建设）；计划完成拆迁面积340万平方米，其中主城区计划完成拆迁200万平方米。着力实施治河蓄水、道路桥梁、集中供热、供气、住房保障、大型公建和区域开发、城市绿化、亮化、市容整治、便民设施、重大基础设施建设、园区建设等12个方面、230余项建设工程。进一步完善城市发展规划，增强规划的"源头"引领作用，注重统筹规划。按照统筹区域发展的思路，统筹编制规划，特别是要与"十二五"规划、"4+3"产业发展规划、新一轮土地利用总体规划以及正在谋划推进的铁路、高速路等重大基础设施建设项目衔接起来，真正做到"百年规划、百年负责"。充分体现特色。挖掘、延续、放大张家口的历史文脉，彰显城市的个性，提升城市的品位。重点打造海关大厦、城投大厦等一些标志性建筑，在重点公园和广场安排设计一些主体雕塑，充分展示张家口城市特色。严格执行落实。严格落实"一区（禁建区）、五线（红线、绿线、蓝线、紫线、橙线）"等城市总体规划确定的强制性内容，从严管理各类建设项目的容积率，强化规划的刚性约束，坚决维护规划的严肃性和权威性。

进一步拉开城市框架，增强城市承载力

加快推进"一城七区多组团"的城市发展格局，着力提升旧城区，完善高新区，建设新城区，开发洋河南区，推进中心城区南移，逐步实现 组 团 式 建设、一体化发展 、同城化管理。到2020年，中心城区面积要拓展到110平方公里左右，其中旧城区32平方公里、高新区48平方公里、新城区30平方公里。同时，要加快推进19平方公里洋河南区开发步伐。一是进一步完善城市水系。进一步强化"亲水"理念，加快实施洋河38.5公里综合治理及滨河路建设、明湖生态公园、平湖公园、清水河上游小型水库除险加固等重点水系建设工程。二是进一步提升城市路网。城市快速路由目前的44公里增加到57公里，形成145公里左右的城市大外环快速路。城区内实施洋河滨河路、商务北横街、光中路等11条道路新建改造工程，新建改造城市主次干道70公里。完成赐儿山隧道建设工程，年内实现竣工通车。全面完成清河南桥、红旗桥、清园桥、纬一桥等4座跨河大桥和王家寨高架桥、机场路东环互通、清水河滨河路跨南环互通等5座互通立交桥新建改造工程。

进一步加强城市基础设施建设，增强城市服务功能

一是强化居住服务功能。"三改"工程要加快16个城中村改造项目和12个棚户区改建项目，实施8个旧小区改善项目；年内交付使用廉租房2514套、12.6万平方米；经济适用住房建设工程完成14.8万平方米，改善2300户低收入家庭住房；回迁安置房建设年内竣工1610套、13万平方米；全面完成省下达的农村危房改造任务；启动实施五一广场综合改造、怡安街区域综合改造、红旗楼桃园小区综合改造和16个10万平方米以上的商住小区开发项目；加快应张天然气项目建设，铺设高压长输管线 40公里，主城区实现天然气置换1万户、80万平方米。二是强化旅游服务功能。加快推进堡子里和大境门保护开发、清水河和洋河景观走廊、环城生态绿色长廊、察哈尔国际汽车文化基地等重点景区景点建设，在城区四周生态涵养区开发风电，建设集旅游观光、风电建设、夜景亮化为一体的"风电之都"。服务设施建设重点开工建设通泰酒店、张家口国际接待中心等五星级宾馆酒店和天鹅湖等一批高档休闲娱乐场所。三是强化环境服务功能。强化"山水、园林、生态"的城市特色，完成清水河下游、洋河两岸、23条主次干道绿化景观建设任务，新增绿地10块，新建、改建公园游园5个，中心城区新增绿地面积155.6万平方米，新增公园绿地面积110万平方米，增绿添彩工程完成作业面积7160亩。开展城市景观建设集中攻坚行动，亮化楼体36座，提升西太平山、东太平山、八角台山体亮化效果，完成赐儿山山体亮化工程。建设2条亮化示范街。四是强化公共服务功能。拓展学校、医院、文化体育设施等服务覆盖面，加大配置密度。启动实施大境门广场及商业文化街、堡子里历史街区开发、五一广场及场馆、海关大厦、文化艺术中心等19个公共设施建设项目。五是强化产业聚集功能。西山产业集聚区，完成起步区三期5平方公里的征拆平任务及雨污、供热、供气、通信工程。东山产业集聚区，完成二期基础设施工程。望山产业集聚区，完成起步区道路和管网工程。南山物流园区，完成起步区配套设施建设工程。启动商贸、空港、京西物流园区基础工程，年内11家企业搬迁入园。

进一步加快建立现代化立体交通体系，增强城市吸纳力和辐射带动力

一是着力加快构建立体化交通网络，进一步凸显区位优势。高速公路建设要加快推进张涿、张承、京新二期、张石三期等续建工程，谋划启动京尚、京蔚、二秦等高速公路，融入全国高速主干公路大循环。铁路建设除在建的集张铁路外，京张城际、张唐、蓝张3条铁路今年力争开工建设，其他项目取得实质性进展。军民合用机场力争今年上半年开工建设，尽早实现通航。海关确保在10月底前开关运行。二是着力优化市域内交通格局，实现城乡交通一体化发展。计划新增高速公路通车里程129公里，累计达到685公里。新建改造干线公路144公里，农村公路2116公里，实现576个行政村通油路。力争在全省率先实现"县县通高速"，使全市区域基本实现1小时进入高速公路网。到年底，张家口市城镇垃圾处理率将达到70%，省控重点企业排放达标率达到100%，城镇人均公园绿地面积达到10平方米，城市绿地率达到35%，绿化覆盖率达到40%。万人拥有公交车辆达到10标台，中心城区集中供热普及率达到50%以上，燃气普及率达到99%，道路机械清扫率达到40%。真正实现城镇面貌大变样、城市管理上水平、城市的环境质量和人民群众的生活质量得到明显提升。

一个更加美丽、繁荣、开放的张家口，令人拭目以待！

（原载2010年3月25日《河北日报》）

港城建设北方最大滨海休闲度假基地

吴永哲

高端生态休闲度假产业在北戴河新区亮相；山海关古城改造工程高潮刚落，石河生态防洪综合整治工程又拉开帷幕……以旅游立市战略为引导，秦皇岛市加快向中国北方最大滨海休闲度假基地目标进发。

加快城市建设，实施"一带两翼"战略

为实现旅游立市，该市实施了"一带两翼"战略。西翼发展环京津高档休闲旅游产业，依托良好的生态自然环境，以高端目的地旅游项目为突破点，建设休闲旅游产业聚集新区。东翼实施西港区整体东迁，推进西港区开发改造。引进美国HOK、新加坡DPC、英国阿特金斯等国际知名设计机构，完成了金梦海湾、西港区和康乐里等重要城市节点的规划。同时，突出挖掘城市历史和文化内涵，完成了山海关古城保护开发和港城大街、河北大街、文化路等示范街建设，对200栋高层建筑、10个高档小区和山海关古城进行了高标准亮化，使港城之夜熠熠生辉。

两年来，全市共改扩建主次道路248公里，整治小街小巷74条，建设污水管网和雨水管沟621公里，并实施了市区热电联网二期和抚宁、卢龙、青龙县城集中供热工程，使城市集中供热率达到80.3%。

加强生态保护，提高环境质量

为进一步提升环境质量，秦皇岛市启动实施了城区"六河"、县域"七河"治理工程，所属四个县和山海关区的污水处理厂先后竣工运行，实现了污水处理全市域覆盖，使污水处理率达到92%以上。同时，新建了污泥处理厂、建筑垃圾处理厂、垃圾填埋场，使垃圾处理率达到97%。实施了秦皇植物园、北戴河森林湿地公园项目建设，完成市区181条主次干道和小街巷增绿、12个老旧小区绿化改造、1.5万亩滨海森林湿地和海岸线生态恢复、2万亩环城绿化、4100亩沿海防护林建设等工程。

两年来，全市累计完成绿化投资15亿元，使建成区绿地覆盖率达到45.6%，绿地率达到38.7%，人均公共绿地面积达到16平方米，全市森林覆盖率达到42%。大汤河一期、二期项目分别荣获"中国人居环境范例奖"、美国景观设计师协会综合设计荣誉奖。其中，大汤河二期治理项目"绿荫中的红飘带"还被英国知名国际旅游杂志《康德纳特斯》评为"世界建筑新七大奇迹"之一。

以旅游业为中心，构建现代产业体系

近年来，按照"三个基地一个中心"（中国北方沿海先进装备制造业基地、高新技术产业基地、港口物流集散基地、生态休闲度假中心）的城市发展定位，秦皇岛市加紧淘汰落后产能，一批小钢铁、小水泥、小造纸项目停产或整合，大批纺织、印染企业迁出市区，耀华玻璃公司等一批企业通过退市进郊实现了产品和产业的优化升级。不断提高项目门槛，推行绿色招商，先后有超过300亿元的投资项目，或因污染环境、或因不符合国家产业政策被拒之门外。

与此同时，一批高科技项目迅速成长。据最新统计，秦皇岛市高新技术企业已达240多家，形成了新材料、电子信息、机电一体化、生物技术、环保技术五大高新技术产业集群，涌现出康泰心电、海湾消防、领先科技、秦云科联、前景光电等十多个在国内外叫得响的"中国创造"品牌。坐落在秦皇岛经济技术开发区西部的秦皇岛数据产业基地，通过与IBM、HP、联想等国内外知名公司的合作，使开发区又一次站在了产业高端。

目前，总投资122亿元的46个城市建设项目顺利推进，部分已经完工；投资188亿元的400个城市"拆、改、建"项目已进入实施阶段；南戴河国际森林体育俱乐部、北戴河香海湾国际生态示范区等总投资620亿元的44个旅游基础设施等建设项目，即将开工建设。

（原载2010年6月22日《河北日报》）

◎ 秦皇岛海滨景观大道

新蓝图绘就廊坊美好未来

解丽达　边洪雷　周洪娜　张　文

　　"三年大变样"进入决战之年，廊坊的城市建设和发展也到了不大进则大退的关键节点：城市建设的比较优势正在丧失，主城区改造建设的老路难以持续，廊坊的长远发展定位缺乏有力的城市支撑……

　　咄咄逼人的挑战和稍纵即逝的机遇摆在面前。是选择悠闲的安静日子，还是为地方长远发展负责？"决不让历史性机遇从我们的手中丧失。"廊坊市委、市政府以争先创优的信心和决不抱旧守残的决心明确目标、规划蓝图：对老城区按照"一轴、一廊、两环、八大中心"的目标实施全面改造提升。

　　"城镇面貌的根本改变，关键在老城区。老城区面貌不变，城市建设不会有根本改变。"廊坊市委书记赵世洪说，只有切实做大了老城区的城市格局，做高了城市品位，做强了城市承载力和竞争力，廊坊的"三年大变样"才能取得最后的胜利！机遇与挑战并存。

攸关时刻　描绘未来新蓝图

　　省内领先的现代化城市建设，曾让廊坊人为之骄傲和自豪。但在城镇面貌三年大变样攻坚年各界人士座谈会上，与会人员却忧心忡忡："廊坊的城建比较优势正在丧失！"

——往日在省内的先进和骄傲，正在由于兄弟地市的城镇面貌大变化而成为过去；北京"聚焦"大兴和通州，廊坊有可能沦为落后的近邻或是城建的低谷；高速交通的迅速发展改变了城市之间的时空距离，近而不通、近而不优难免被边缘化……

——主城区改造建设的老路子已越来越走不下去。廊坊主城区的主要功能设施小、散、乱、差，标志性建筑和建筑群缺乏，集聚能力、带动能力不强；老城区改造严重滞后，方向不够明确；小城市开始患上越来越严重的堵车等"大城市病"……

——廊坊的长远发展定位缺乏有力的城市支撑。"京津冀电子信息走廊、环渤海休闲商务中心"的发展定位，还没有具体落实体现在主城区的空间布局和功能设施的建设上。现有的城建水平，既难以支撑大型展会，也难以满足大项目对城市功能的需求，更难以吸引大量的高端企业……

挑战与机遇同在。北京城市发展扩张到了廊坊，产业向外扩张转移的进程明显加快；北京新机场建设为廊坊打开了通往全国乃至世界的一扇敞亮窗口；优秀企业青睐具有较低成本的优质生活环境的城市；市场和开发商已经真正认可廊坊，很多顶级开发商主动抢滩廊坊，过去不敢想的大项目开始落户廊坊……

以对历史和人民高度负责的精神和敏锐的危机意识，廊坊市委、市政府以决战决胜的信心和决心，开启了新一轮城市建设热潮，构建城市特色风骨，优化城镇空间布局，重塑廊坊城市形象。廊坊市市长王爱民说："廊坊的城市建设，必须在河北保持领先的地位；必须在省'三年大变样'考核中争得优秀的荣誉；必须在大北京地区二线城市占有先进的地位。"

在这一大背景下，老城区"一轴、一廊、两环、八大中心"的改造提升蓝图浮出水面。

心怀梦想　让今天的建设成为明天的经典

"任何一个有魅力的城市在规划建设上都是有梦想的。"廊坊市委书记赵世洪说。正在规划实施的"一轴、一廊、两环、八大中心"建设，正是这座年轻城市梦想的具体化。

◎ 廊坊体育场

　　在这张蓝图下，廊坊城镇面貌三年大变样工作真正开始转变为以建为主，并有了明确的建设方向。

　　在这张蓝图下，廊坊开始系统地梳理主城区的功能和空间，打造中央休闲商务区，为"京津冀电子信息走廊、环渤海休闲商务中心"的发展定位提供强有力的支撑。在这张蓝图下，廊坊开始在城市高速发展中，加快用治本的方法推动各类"城市病"的主动解决。

　　在这张蓝图下，廊坊干部群众凝聚力量、戮力攻坚，打响了城镇面貌三年大变样决战之年的攻坚战，赢得了广大市民的衷心拥护。

　　在这张蓝图下，廊坊市委、市政府以最积极、最主动的姿态和成果，以更高的要求、更远的目光、更大的力度，向省委、省政府，向400万廊坊人民交出一份精彩的答卷……

找准突破口　全力推进城市大规划、大建设

打通"一轴"，挺起城市建设发展的"脊梁"，是今年工作的重中之重。而商业中心区的改造建设，则是"一轴"建设的切入点。

"市委、市政府机关将率先搬迁，为商业中心区建设腾出空间。"4月10日，从全市城镇面貌三年大变样暨城市建设攻坚动员大会上传递出的这一重大决策，迅速在廊坊广大群众中产生热烈反响。广大市民纷纷感叹，这个决定集中体现了市委、市政府从发展的大局和长远出发，不畏风险、不怕麻烦，自我革命、再次创业，把廊坊的城市建设和发展提升到新境界、引领到新世纪的决心和信心，更彰显了"大气、锐气、和气"的新时期"廊坊精神"。

按时、有序、平稳、节约，人员思想不散，工作秩序不乱，各项任务不荒，文印财产不丢……在市委、市政府表率作用的带动下，规划商业中心区内的机关、企业事业单位已全面开始搬迁。截至5月5日下午，短短20多天，市商业中心区（一期）涉及的居民已有863户签订拆迁协议，782户完成搬家，广大市民用朴实的实际行动，表达着对"三年大变样"工作的全力支持。

一幅城市建设的壮美画卷，正在廊坊主城区徐徐展开！

（原载2010年5月17日《河北日报》）

一座具有独特品位的魅力城市

中共保定市委外宣局

对一个人来说，品位就是气质，就是素质，有气质才有品位，高素质才有高品位。

对一个地方而言，品位涵盖经济、政治、文化、社会各个方面，集中体现在城市品位，即包括城市建筑、城市功能、人居环境等硬性标准，也包括市民素质、人文风貌及文化生活水平等软性标准，代表着城市的价值和地位、档次与魅力。

积淀深厚而又与时俱进的城市品位，对于一个地区、一个国家乃至整个社会都具有重要意义。城市化时代更是如此。

作为首都南大门、京畿重地的河北省保定市，大力提升城市品位，以科学发展观为指导，坚持规划至上、生态至上、精细至上，把历史文化积淀和现代城市发展有机结合，充分彰显城市特色，精心打造以"文化名城、山水保定、低碳城市"为标志的城市名片。同时，坚持从基本市情出发，制定并实施了"一主三次、工业西进、对接京津"三大战略等一系列战略举措，在新一轮竞争和发展中抢占先机、赢得主动，正努力把保定建设成为京津冀地区充满发展活力、具有较强实力、彰显文化魅力、拥有独特品位的重要城市。

"历史之韵、文化之魂、山水之秀、低碳之城、现代之气、文明之风"，这24个字就是对保定城市品位的精辟概括。

展示文化名城，彰显保定神韵

保定历史悠久，是尧帝的故乡；文化底蕴深厚，是国务院命名的首批全国历史文化名城。历史文化灿烂辉煌，宋有州学，明有府学，清有莲池书院。人杰地灵，人才辈出，义士荆轲、蜀汉昭烈帝刘备、宋太祖赵匡胤、北魏数学家祖冲之、地理学家郦道元、唐代诗人贾岛、元代杂剧作家关汉卿、王实甫都诞生在保定。现代作家孙犁、梁斌、铁凝、苏叔阳和画家黄胄等都是保定人。文物古迹众多，全市有不可移动文物点1600余处，其中国家级文物保护单位47处，省级文物保护单位89处，是河北第一文物大市。满城汉墓、易县清西陵、直隶总督署等闻名于世。

保定旅游资源丰富，是中国优秀旅游城市。全市有国家5A级景区1处，4A级景区8处，3A级景区14处，景区景点344个。华北明珠白洋淀、国家级风景名胜区涞水野三坡、北方"小黄山"涞源白石山、华北最大瀑布群阜平天桥瀑布等景区是人们休闲旅游的好去处。

保定具有革命传统，是红色革命圣地。保定军校是我国近代第一所陆军军官学校，叶挺、蒋介石、张治中、傅作义、吴佩孚、陈诚、白崇禧等都曾在这里就读。保定还是二十世纪初留法勤工俭学运动的发祥地，刘少奇、李富春、李维汉、蔡和森等老一辈革命家都是保定留法勤工俭学预备班学员。保定是中国北方建党较早的地区之一。《红旗谱》、《地道战》、《野火春风斗古城》、《狼牙山五壮士》、《小兵张嘎》、《雁翎队》等一批经典作品反映了保定的光荣历史。保定是驻军大市，双拥共建发祥地，"全国双拥模范城"六连冠城市。

保定人文资源丰厚，是一座大学城、体育冠军城。现有华北电力大学、河北大学、河北农业大学等11所高等院校，在校大学生近20万人，居河北之首。有各类科研机构140多所，科技人员32万人。群众性体育运动基础雄厚，竞技体育全国领先，先后培养出郗恩庭、钱红、郭晶晶、范晔、庞伟等16名世界冠军、21名亚洲冠军和120多名全国冠军，是"全国游泳之乡"、"全国篮球城

市"、"全国乒乓球训练基地",被誉为"冠军的摇篮"。

建设山水城市,提升保定品位

按照省委、省政府"三年大变样"的决策部署,围绕提升保定城市品位、完善城市功能、改善居民环境、拉大城市框架、提高城市综合承载力和竞争力,保定市谋划了包括"大水系、大交通、大城建"三大建设在内的10方面66项重点项目,总投资1504.488亿元。

保定历史上曾是一座水景城市。为恢复城市水系、实现城市可持续发展,提出了建设山水城市的目标,谋划实施了总投资37.5亿元的大水系建设。实现"两库连通、西水东调、引水济市、穿府(市区)补淀(白洋淀)",建设"两环四廊、五湖十园"市容景观。目前,两库连通工程正在加快推进,市区雨污分流全覆盖工程已竣工,市区内环实现了通水,外环将于今年通水。规划面积1500亩、水面面积500亩的城市东湖项目即将启动,西湖已完成规划设计,再现清水绕城风貌。投资5亿元、总长30.4公里的防洪堤综合整治工程正加快启动,今年主体工程竣工,使其成为"水清岸净、路通景美"的靓丽景观。大水系工程全部建成后,市区生态环境将根本改观,保定市城区水网密度、水面率和人均水面居全省前列。

抓住国家扩大内需、加大基础设施建设的有利时机,保定集中开展铁路、高速公路建设大会战,打造对接京津、东出西联的交通枢纽。张石、保阜、大广、张涿4条(段)高速公路正加快推进,荣乌、京昆北延2条(段)已开工建设。特别是随着市区"高速外环"加快闭合,工程全部竣工后,将形成"三纵四横一环"高速路网格局,通车里程超过1200公里,成为河北省高速公路通车里程最长、密度最大的地区。

围绕实施"一主三次"战略,突出做大做强中心城市,完善城市功能,塑造城市形象,增强辐射带动力。组团发展,加快建设"一城(保定中心城区)、三星(清苑县、徐水县、满城县)、一淀(安新县)大保定,中心城市发展空间从312平方公里(市区)拓展到3865平方公里。保定将真正成为西倚太行山、东傍白洋淀、中间水相连的大城市。

打造"低碳城市"，壮大保定实力

保定市通过发展新能源产业，推进太阳能之城建设，被世界自然基金会列为低碳试点城市（全国只有上海和保定），被科技部命名为国家太阳能综合利用科技示范城市和"十城万盏"LED照明试点城市。目前市区"三绿"指标（人均拥有公共绿地面积9.3平方米、绿地率33.9%、绿化覆盖率38.7%）全部超过国家园林城市标准，是省园林城市、省环保模范城市。

数据表明，新能源产业规模在保定迅速膨胀。"中国电谷"聚集了170家相关企业，初步形成了光电、风电、输变电、储电、节电和电力自动化等6大产业体系。2009年实现工业总产值549亿元，比2006年保定市"电谷"刚成立时，翻了三番多；出口创汇17.2亿美元，同比增长29倍。这里有我国唯——一家全产业链太阳能光伏电池生产企业——英利新能源有限公司。目前该公司依然保持着光伏电池每瓦主原料硅、非硅成本消耗量最低的世界纪录。

按照《保定市关于建设低碳城市的意见》，今年，保定城市支路及小街小巷的太阳能应用改造完成100%；既有生活区、乡镇政府及文明生态村，企业、学校、医院、酒店、商场等单位的太阳能应用改造完成80%以上。保定"太阳能之城"建设项目实施后，预计每年可节电4.3亿千瓦时；节煤11.8万吨标煤；减排二氧化硫1.29万吨；减排灰渣3.85万吨。

2009年，保定已加快"减排"速度：完成52个小区、16条道路太阳能应用改造，被科技部列为"十城万盏"试点城市；全市万元生产总值综合能耗下降4.8%，化学需氧量和二氧化硫排放量分别下降8.06%和3.1%，全部完成省定目标，被评为"中国节能减排20佳城市"。

早在2008年，保定在全国660多个城市中，第一个提出自己的碳减排目标——2020年比2005年单位GDP减排51%，比一年后温总理公布的全国目标要高6-11个百分点。这个目标的确立建立在保定新能源的产业优势和可持续发展的基础上。

目标提出的当年，我国首座大面积、多角度应用太阳能光伏发电的建筑一体化示范项目——五星级"电谷锦江国际酒店"在保定正式投入运营。这座太阳能大厦每年可发电26万度，发出来的电不仅供大厦使用，还可直接并入电网。截至2009年底，这座20层的大厦累计"发电量285241.1千瓦时，二氧化碳减排量267.1吨，二氧化硫减排量1吨……"

保定将新能源的产业优势，转化为"低碳优势"是低碳城市建设规划的核心目标。

保定市印制的"低碳城市家庭行为手册"，从生活的点点滴滴普及了减排的细节。如今，在保定的绝大部分路口、为数众多的街道和部分小区，都加上了蓝色的太阳能光伏电池板，不久，能给手机充电的太阳能坐椅也将走上街头。作为科技部命名的"国家太阳能综合应用科技示范城市"，近3年间，该市为推广太阳能技术投入了18亿元。一个由政府推动、企业实施、全社会共同参与的低碳发展格局正在逐步形成。据了解，自打造"低碳保定"以来，市区已有40％的生活小区基本完成了太阳能应用改造，几十万居民开始享受"阳光生活"。

保定已经成为一座具有独特品位的魅力城市。

（原载2010年5月14日《河北经济日报》）

房屋混合产权的"保定模式"

李 华

府河、西大园、清真寺三大片区是保定市区最老的居住区，也是居住条件最差的地区。为了照顾困难群众，保定市在对这里近千户低收入家庭的拆迁过程中采取了混合产权模式，以保证大家能够住得更好，更宽敞，切实解决困难群众买不起大房子的实际问题。具体做法为，除对困难群众按照原居住面积进行一比一回迁外，对多出的房屋面积，产权归政府所有，拆迁户可按廉租房的标准，每月支付少量租金即可。

"有时候拉活路过这里，我总是多瞅几眼，看看地基打好没有？楼已经盖了几层了……"最近几日，保定市府河片区的下岗职工王劲松关注最多的是保定市旧城改造重点区域——府河片区三栋回迁楼的建设进程。一旦这三栋楼建成，王劲松一家就可以搬进80多平方米的新居，而他们的原住房其实只有50平方米。"我们一家都是下岗职工，平时挣得只够日常开销，多出的30平方米如果让我们买，肯定买不起。"王劲松说。

原来，2009年，随着保定市整体改造工作的启动，府河、西大园、清真寺三大片区的拆迁改造工作陆续展开，针对这里的千余户低收入家庭，保定市政府采取混合产权模式——对困难拆迁户按照原居住面积进行一比一回迁外，对多出的房屋面积，产权归政府所有，拆迁户可按廉租房的标准，每月支付少量租金即可。这一举措有力地保障了低收入人群的住房问题。

困难职工：怕拆迁后住不起房

今年35岁的王劲松在家排行老二，哥哥王劲林比他大5岁。他们的母亲是一名下岗职工，父亲身有残疾。王劲松一家四口和父母一起住在一套50多平方米的房子里，王劲林一家则住着一套平房。

2002年，王劲松从新中国面粉厂下岗，为了养家糊口，他开始四处打零工，安装空调、蹬三轮车……几乎什么体力活都干过。"挣得不多，一般每个月挣六七百元，偶尔能挣到1000元，这几乎成了一家六口人的主要生活来源，"王劲松说。而就在王劲松下岗不久，他在私企工作的妻子因为将要生孩子，被单位辞退。随后，一对双胞胎女儿的降生更是令这个本已捉襟见肘的家庭雪上加霜。

王劲松一家所住的50多平方米的楼房，是一套两室一厅的房子，两位老人住一室，他们一家四口住另一室。说是两室一厅，不但两间卧室小得可怜，所谓的客厅也只不过是一条窄窄的走廊。2009年4月，府河片区拆迁，王劲松的家也在拆迁范围内。王劲松给记者算了一笔账：如果接受回迁房，只能按照原居住面积一比一回迁，而府河片区的回迁楼将盖成高层，这就意味着公摊面积比原来更大了，眼看着两个女儿越来越大，这么小的房子肯定住不开。如果不回迁，接受政府给的拆迁补偿款则更不划算。因为王劲松一家住在六楼，拆迁补偿款为每平方米2500元，如今保定的房价在每平方米4000元左右，十几万元的拆迁补偿款显然不够再买一套新房。面对这进退两难的境地，王劲松不知该如何选择。

作为保定市第六机床厂的下岗职工，康建生的情况比王劲松还要糟。早在上世纪九十年代末，康建生就成了下岗大军中的一员。下岗后，康建生租了一辆出租车，和儿子一起昼夜跑出租。老康的爱人在一家超市打零工，儿媳妇没有工作，一家四口人每月只有2000多元的收入。他们家是两间平房，总面积只有34平方米。

当得知自己居住的平房被纳入拆迁范围时，康建生一家抵触情绪非常严重。"回迁房中，面积最小的是48平方米、一室一厅的房子，就这我们还得再掏好几万元才行，我哪有那么多钱。"同样，康建生也不愿意要拆迁补偿款，因为要了钱更买不起房了。

政府：摸索出混合产权房

记者从保定市拆迁办了解到，此次拆迁涉及到的府河、西大园、清真寺三大片区是保定市区最老的居住区，也是居住条件最差的地区，公用基础设施最差。"在府河、西大园片区，有的房子是新中国刚成立时建的，几十年来从没改造过。在清真寺片区，有的房子面积非常小，常常是老少三代挤在20多平方米的房子里，有的地方甚至是棚户区。"保定市拆迁办主任罗荣介绍说，三大片区的拆迁户共有15000多户，其中有1000多户像王劲松、康建生这样的低收入家庭，他们买不起新房。而回迁房的设计中，最小的房子也有40多平方米，如果单纯按照原住房面积一比一回迁，他们也无力购买超出部分的面积。可是城区改造势在必行，为了在改造过程中让这些低收入群体获得更多的实惠，让他们有房子住，混合产权应运而生。

"所谓混合产权，说白了其实就是房屋的产权由回迁户和保定市政府共同所有。"罗荣介绍说，对于低收入家庭，除了按照原居住面积进行一比一回迁外，他们可以租住多出的房屋面积。其中，一比一回迁的部分面积，产权归回迁住户所有，多出的部分面积，产权则归政府所有，回迁户可按廉租房的标准，每月付少量租金即可。拆迁户只要能够出具居委会对其低收入的认定，就可以享受这一政策。

得知这一消息，王劲松一家赶紧搬了出去，"早点搬出去，就能早点进行拆迁改造，我们也就能早点住上新房。"王劲松告诉记者，新房建成后，他们家能分到一套80多平方米的房子，除了一比一回迁的面积，多出来的部分，按照廉租房每月每平方米2.5元的标准，他们每个月支付的租金还不足100元。至于康建生，考虑到他们家的实际情况，尽管他的原住房是34平方米的平房，但回迁后，他可以分到一套80平方米、两室一厅的房子。"新房子的面积是以前的一倍还多，而我每个月却只需要付100多元的租金，这是我做梦都不敢想的。"每每谈及此事，康建生总是高兴得合不拢嘴。

对于广大职工所关注的房屋部分产权归政府所有后的问题，如职工可不可以购买，怎样购买以及购买时的价格问题等等，罗荣介绍说："对于这一问题，相关部门正在抓紧时间制定相关政策，相信不远的将来就会明朗。请广大群众放心，我们一定会综合考虑各方面因素，给所有人一个圆满的答案。"

专家：这一模式值得借鉴

记者在省会街头随机采访了几位市民，他们纷纷表示，混合产权政策值得推广。"混合产权特别适合低收入人群。"省会某企业职工刘鹏飞表示，混合产权政策最大限度地顾及了低收入人群的住房问题，"在拆迁改造势在必行的前提下，混合产权是个不错的选择。"而退休职工周晨则表示，混合产权可以保障低收入家庭能够住得更好、更宽敞，希望能够在全省各地推广。

"混合产权政策值得推广。"在河北经贸大学金融学院副教授刘颖看来，混合产权可以解决低收入群体所面临的一系列问题。"为了降低成本，各地所建廉租房小区，大部分地段较偏，配套设施也相对较差。"刘颖认为，一方面，廉租房小区的配套设施差，会给住户在购物、出行等方面带来不便。另一方面，过于集中的廉租房，让租住其中的家庭被打上了"低收入"的标签。而保定开发的混合产权模式，则有利于不同阶层的融合。

对此，省住宅与房地产业协会会长张凤珠认为，混合产权模式有其值得借鉴之处。"比如说，有的地方拆迁难度比较大，混合产权可以在不使拆迁户原来的生活受到太大影响的前提下，满足其在住房方面的合理要求。"张凤珠表示，混合产权在一定程度上解决了低收入家庭的住房问题，从而推动了一些地区的城区改造，从这一层面来说，保定的做法值得全省各地借鉴。值得注意的是，在执行的过程中，对于低收入家庭的界定，一定要严格把关。

然而，记者在采访过程中却发现，一些房地产商认为，混合产权政策在解决低收入群体住房问题上，有一定的借鉴意义，但是，却不适合在整个住房领域推广。

大诚房地产经营公司战略发展总监李强认为，作为公共产品的推广者，政府出台混合产权政策，确实在一定程度上解决了低收入人群的住房问题，这是身为服务者的政府的便民行为，作为经营者的开发商则难以推广。在李强看来，政府是行政机关，是长期存在的，而房地产商只是经营者，无论经营的时间长短，都有一定的期限。政府推行混合产权，对于租住的部分面积，可以视居民的经济情况商定其租住的时间，可是，如果在房地产领域推行混合产权，由房地产商和低收入家庭共享产权，一旦房地产商要转行经营别的项目，不再经营房产，如何收回出租的部分产权将成一大难题。而且，混合产权房的过户问题也是制约其在整个房产领域推行的另一因素。

对此，张凤珠认为如执行混合产权模式，尽量在一定时期内把产权明晰化。而刘颖也表示，即使回迁户在短期内无力购买超出部分的产权，也一定要在购房合同中明确，将来如购买超出部分面积，是按照现在的市场价购买，还是随行就市，以免发生纠纷。

（原载2010年7月6日《河北工人报》）

塑造城市灵魂　提升城市品位
十大城建工程扮靓狮城

李文胜　周万良　张近情

5月6日，沧州体育场正式开工建设。这座能同时容纳3万人、可承办省级以上综合运动会和国际级单项比赛的体育场建成后，将成为沧州城市的新地标。城镇面貌三年大变样工作开展以来，沧州市每年都谋划10大城建重点工程，通过建设城市标志性工程、基础设施和城市景观工程，塑造城市灵魂、提升城市品位，扮靓沿海中心城市新形象。

建设标志性工程，打造城市新地标

沿沧州市解放路西行至迎宾大道交会处，一座犹如海燕振翅高飞的建筑格外引人注目。这座去年落成的沧州体育馆，不仅成为沧州新的城市标志性建筑，而且因成功承接去年吴桥国际杂技艺术节闻名遐迩。

打造新地标，丰富城市内涵。2009年，沧州投资142亿元建设了沧州体育馆、会展中心、狮城公园、金狮大酒店等一批标志性建筑，填补了中心城区没有大型体育馆、展览馆、休闲广场和五星级酒店的空白。今年还将投资上百亿元，开工建设"一场三馆"和"一中心两总部"，即体育场和博物馆、图书馆、武术馆；市民服务中心、金融总部和企业总部。同时续建沧州会展中心、阿尔卡迪亚国际酒店、颐和国际酒店等精品工程，推动城建再上新台阶。

建设精品一条街，提升城市形象。对解放路道路两侧既有建筑、景观设施及公园、广场等重要节点，按照"美观、整洁、经济、适用"的标准进行综合改造，实现了楼体外装修的整齐美化、景观亮化、环境绿化，初步显现了大都市的气息。

改造平房危陋区，改善老百姓居住条件

在沧州市御河中路，一座座高层住宅楼正拔地而起。为改善市民居住条件，沧州市不断加大城中村和旧平房区的改造。2009年以来，对30多个城中村和旧平房区进行了大规模改造，大季屯、大和庄、王御史、蔡庄子等21个城中村，以及一中前街片区、火车站片区、荷花池片区、泰和世家等10处旧城区，正在陆续拆迁改造。改造过程中，沧州市把打造精品工程、方便市民生活作为主导方向，根据改造区域所处位置、居民生活需求、居住习惯等，确定不同的功能定位。一中前街旧城改造项目处于沧州市区核心商圈，该市对这一投资8亿元、建筑面积近20万平方米的改造项目，定位为集商业、餐饮、娱乐于一体的城市综合体。而离中心城区较远的小屯旧城改造项目，则定位为打造商居一体、品位高雅的人文社区。

实施美化亮化工程，打造宜居环境

家住通翔园小区的赵先生，常常步行上下班，每次走在路上，都流连于绿树繁茂、花草争奇的街景。沧州市大力实施美化亮化工程，打造城市宜居环境。该市不仅对老公园进行了景观改造，还开工建设了名人植物园、狮城公园、通翔杂技园等新的主题公园，并对迎宾大道等主干道两侧进行了景观带、街头绿地建设，使大型公园、中小型游园、城市道路绿化带形成了相互关联的绿化美化格局。同时，对主要街道和高大建筑物进行亮化，并对新华路、清池大道等街道进行景观综合改造，大大改善了城市环境。

◎ 沧州园林式社区

建设水电路气，方便市民生活

晴天一身土，雨天一脚泥。这是昔日佟家花园菜市路留给人们的深刻印象。而如今，这条小路却变得干净、整洁了。2008年、2009年，沧州市对27条小街巷集中实施了高标准改造。今年，将对百川路、新华路等11条道路进行新建和拓宽改造，对35条小街小巷进行综合改造。同时，新建、改造22公里供水管网，对市区7条排水渠进行清淤改造，使新建城区做到雨污分流，老城区随着路网改造逐步实现雨污分流。建设25公里的天然气中低压燃气管网，提高燃气普及率，使更多市民用上清洁能源。

为方便市民生活、出行，今年，沧州市将建设许官屯菜市场等11个菜市场，建设两座公交枢纽，购置90多部新型大巴，开通6条新公交线路，使市区公交营运线路达到50条以上。

加大环保力度，营造蓝天碧水

今年，沧州确定了全年城市空气质量二级及以上天数达到310天以上的目标。为实现这一目标，沧州将拆除市区集中供热管网覆盖范围内的全部燃煤锅炉、茶炉和浴炉，并通过以电代煤、以气代煤，实现供热管网范围外所有燃煤锅炉烟尘的达标排放。加强水环境治理，使市区生活污水和工业污水集中处理率达到或超过85%，污水处理厂的出水全部达标排放。

投资完善生活垃圾收集、运输、处置和回收网络。新建水冲式公厕5座、垃圾收集站9座，购置自卸车、吸污车等专业车辆44部、果皮箱700多个。主次干道实现全天候不间断保洁，机械化清扫率达到40%，为人们创造更为洁净的城市环境。

（原载2010年6月3日《河北日报》）

"水市湖城"托起城市未来

孟宪峰

又是一个春光明媚的上午，在衡水岸芷庭兰小区居住的张女士习惯性地来到自家窗前，向南眺望，此时正值晴好天气，刚刚改造一新的滏阳河波光粼粼，同岸上绿油油的农田相映成趣。

拓展发展空间，打造"水市湖城"

近两年来，借助"三年大变样"的有利历史契机，衡水快速转换城市发展思路，提出打造"水市湖城"的发展战略，取得了初步效果。位于衡水市区南端的滏阳河，三年前还是河水如墨的臭水河，因为蚊蝇肆虐，气味扑鼻，附近的居民夏天都不敢开窗子。打造"水市湖城"战略提出来后，动议多年的滏阳河改造工程提上日程，短时间内，滏阳河面貌焕然一新。

位于衡水市区南部的衡水湖，是华北地区单体面积最大的淡水湖，有"京南第一湖"、"京津冀最美湿地"之称。正因为这种独特的滨水优势，衡水的未来同"水"紧密地联系在一起。衡水的城市发展思路，也由传统的以主城区为中心的发展模式，转变为以衡水湖为中心的生态卫星城发展模式；由向四周多向发展，转变为跨过滏阳河向南边的衡水湖发展。

如今，站在衡水市区南环路上向主城区眺望，可以看到鳞次栉比的高楼大厦排地而来，滏阳河南岸的一片片空地上，也是塔吊林立，主城区向衡水湖方向发展的思路彰显无疑。同样，在衡水通往冀州的106国道上，几年前道路两侧那些矮旧的建筑已经拆除干净，无数的城市发展空间正在释放出来。

路绕河走，围绕"水"字做文章

打造"水市湖城"，绝不仅仅是拓展新的城市发展空间，在原有城区的改造建设中，为政者也在"水"字上下了很大的功夫，"城市建设由以道路为轴发展，转变为以河系为轴发展，河在哪里，路修到哪里，城市就建到哪里。"在主城区一些新开的楼盘广告上，"亲水"、"滨水"这样的字眼经常可以看到。

最能体现"路绕河走"这一城建思路的当属新近完成的前进大街改造工程。"三年大变样"以前，前进大街还是断头路，一条臭水沟就趴在规划中的前进大街旁，附近居民的居住环境自不必说。如今前进大街改造完成后，道路平整干净，渠水清澈透明，已经成了衡水市区新的景观大道，其为衡水市区环境及市民生活带来的改变无以言表。

"衡水也像个城市的样子了。"记者在随机采访路人时，听到的大多是这样的声音。记者注意到，其中不仅有着对人居环境改善的欣喜，更有着作为一个衡水市民的自豪。曾几何时，衡水这座从一座县城发展起来的城市，被人们戏谑为"村庄土城"。而今，随着"三年大变样"的实施和"水市湖城"城市发展战略的次第展开，这座一度低调的城市旧貌换新颜，也洋气起来了。

（原载2010年5月7日《燕赵都市报》）

"善变"邢台内外兼修

张会武

家里变了，周边的环境也变了，对于张伟这名刚刚高中毕业的学生来讲，转眼之间，他的村庄与城市融为了一体，他的身份也从学生变成了文明志愿者，这让他有点儿措手不及。在"三年大变样"中，除了四通八达的纵横路网和波光粼粼的七里河，在邢台这片古老的土地上，牛城人在文明志愿方面也尝试打造软环境的"变脸"。

10分钟交通圈正在形成

6月29日下午，石安高速北站口东侧，邢德线任县段快速路施工现场，大型挖掘机轰轰作响，铲车、垃圾清运车来往穿梭。邢德线任县段是邢台市"一城五星"快速路建设中的一条。

"这条路修好后，从邢台市区东环路到任县县城，不超过10分钟。"作为"一城五星"快速路建设的承建单位，邢台市交通局算过一笔精细账。邢台到任县的邢德线是邢台通往巨鹿、南宫并且直抵山东的主干道，平常大车也很多，在高峰时段，该段路面经常堵车，"从邢台去趟任县，有时将近半个小时。"不仅是到任县，"一城五星"道路完成后，邢台到5个卫星城的时间都不会超过10分钟。届时，邢台将和5个卫星城形成"一城五星"10分钟交通圈。

◎ 邢台中钢广场

据悉，在路网建设方面，围绕改变邢台"东西阻隔、南北挤压"的被动局面，全力实施"西联东出"和"南北贯通"的交通枢纽战略，当地正加快推进大广高速、邢汾高速、邢港高速等一批重大交通干线建设，实现"四小时出海、半小时进山"目标。围绕实现市区"九横九纵加三环"的城市道路交通规划目标，新建、改造了14条道路、实施7条主干道外延、打通9条断头路、抓好3条道路大修、改造34条小街小巷。

"城中村"羽化成蝶

泉南大街的东延，无疑给张伟在去桥西的选择上，提供了一个最佳路径，"下桥再上桥就是桥西了，步行用不了5分钟"。张伟本是桥东三义庙村民，在泉南大街东延之前，三义庙偏居一隅，鲜有生人踏入。

城中村拆迁改造，三义庙开始得比较早，进展也比较快。在他们的城中村拆迁改造规划中，村民们看傻了眼：旧村全部拆掉，8栋多层和9栋电梯楼拔地而起，30亩中心花园，2100个车位，篮球场、网球场，超市、银行、酒吧、KTV……三义庙村民不知道憧憬过多少次的"进城"梦真的要变成现实了。

131平方米的三室两厅就住着杨文合和老伴俩人，房子是用一套院子置换的，因为签协议早，村里让老人先选，他就选了第二层，方便上下。刚搬来时，老伴说："咱都活70多年了，没想到还能住上楼。"杨文合很有先知似的说："你没想到的事儿还多着呢。"其实，最让老人高兴的是，楼房卫生、干净，"不用推着三轮车倒煤球，还不用上房扫雪"。

从低矮的平房搬进气派的现代化住宅楼，村民们都很兴奋。可这"进了城"消费自然就高了，又让一些村民有些忧虑。三义庙村支书杨建立也曾忧虑过，不过很快他就打消了这种念头。"城中村改造后，能吸引6000余人进村，必然带动周围商业的发展，我们将鼓励全村人创业。"杨建立说，第三产业将是他们村今后的发展方向。

据悉，邢台市列入实施改造计划的城中村共28个，三年计划完成20个。迄今为止，已完成北大汪村的全部改造，已启动韩演庄、张家营等13个城中村的改造工作，其他14个城中村已制定改造计划和实施方案，于近期将全部启动。

文明之风悄然荡漾

每周末的牛城大街小巷上，都活跃着"小红帽"身影，他们或来自社会，或来自网络，有学生，有老人，他们共同的名字叫"文明志愿者"。他们请你不要随意吐痰，他们劝阻你不要乱闯红灯……秩序井然中，他们拭去汗水，笑脸展现。

2008年12月18日，《邢台市民文明公约》正式与市民见面。与此同时，从当日起，"城镇面貌大变样，市民素质大提高"活动也在该市启动。一支乐于奉献、相对稳定的文明志愿者队伍在邢台成立，张伟闻讯后第一时间报了名。

按照当地文明办的设想，每月的第二个周六为邢台全市促进公共文明志愿服务集中活动日，并力求每周都有不同主题的文明志愿服务活动。邢台市文明志愿者石艳芳认为，软环境的"三年大变样"，比硬环境更必要、更紧迫。文明志愿者活动无异于搭建起了一所文明教育的社会讲堂，使参与者乃至全体市民都可以受到不同程度的精神洗礼。

灯光闪烁的牛城街头，道路开阔整洁，人人文明礼貌，一个内外兼修的新城市跃然呈上。

（原载2009年8月25日《燕赵都市报》）

围绕"三年大变样" 努力改善环境质量

柳金钟　武振峰

今年以来,邢台市环保局深入学习实践科学发展观,坚持把环境保护与调整产业结构和促进经济平稳较快增长有机结合起来,不断加大环保执法力度,强力推进污染减排和省、市"双三十"示范工程,着力解决突出的环境问题,努力改善环境质量,力争为全市经济社会又好又快发展作出积极贡献。

围绕一个目标

即紧紧围绕"城镇面貌三年大变样"环境质量改善目标,努力改善城市环境空气质量和重点流域水环境质量。市区空气质量二级及好于二级天数要稳定保持在320天以上,空气综合污染指数下降10%,市区空气质量达到国家环境质量二级标准。各主要河流断面COD浓度达到省目标要求。

突出一个中心

即突出污染减排这一中心,采取行之有效的措施,控制增量,削减存量,确保完成二氧化硫削减12%、COD削减8%的任务。

打好五大战役

一是打好污染减排攻坚战。2009年是邢台市完成"十一五"减排任务的冲刺年，要加快推进工程减排、结构减排和管理减排，务求取得突破性进展。对列入省"双三十"节能减排考核的沙河市、宁晋县、邢台县以及邢台钢铁、河北奎山水泥集团、河北兴泰发电、河北金牛能源等公司强化督导，认真检查和落实污染减排各项考核措施，确保完成省年度考核目标。对列入邢台市节能减排"双三十"的30个重点工业集中区和30家企业，逐一落实年度减排任务，确保完成污染减排年度目标任务。切实抓好列入省、市《"十一五"主要污染物总量削减目标责任书》和《"十一五"环保规划》中的重点减排项目。

二是打好城镇污水处理厂和垃圾处理厂建设攻坚战。到2009年底，全市所有县（市）全部建成污水处理厂。邢台市生活垃圾综合处理厂、邢台市医疗废物处置中心和各县（市）垃圾处理厂也要按照市政府要求按期建成投运。2009年底前，所有已建成和新建污水处理厂出水执行国家《城镇污水处理厂污染物排放标准》中一级标准的B标准，2008年以后新建的污水处理厂出水用于中水回用的达到一级标准的A标准。

三是打好淘汰落后产能攻坚战。加快钢铁、电力、建材、焦炭、造纸等重点耗能污染行业落后产能淘汰步伐。2009年底前，对全市剩余的28座水泥机立窑全部进行关闭淘汰，实现新型干法水泥比例达到100%的目标；沙河市继续开展拆除玻璃烟囱专项行动，拆除落后玻璃生产线100条，实现玻璃行业的升级改造；邢台县完成全县剩余的286座土灰窑拆除任务，全部建设机械化竖窑生产线。

四是打好大气环境治理攻坚战。在市区开展"拆锅炉、拔烟囱"专项行动。2009年，拆除市区集中供热区域内燃煤锅炉50台；优化市区能源结构，市建成区居民炊事、餐饮服务业炉灶以及机关和企事业单位炊事炉灶禁止燃用原煤，全部改用清洁燃料；积极落实"退二进三"、"退城进郊"政策，优化城市布局；强化机动车尾气污染监管，对不达标车辆限期治理；进一步加强建筑施工、道路扬尘污染防治和管理，严防市区周边"四小"污染企业出现反弹，巩固取缔"四小"成果。

五是打好农村环境整治攻坚战。坚持城乡统筹，以生态创建为重点，落实省"百乡千村"环境综合整治三年行动计划，按照《邢台市农村环境综合整治规划》，筛选一批群众反映强烈、矛盾突出、污染危害大的农村环境问题作为试点，按照"以奖促治"、"以奖代补"的政策，着力整治畜禽养殖污染、农村生活污水和垃圾污染、工矿企业污染和土壤污染，加快农村环保基础设施建设。认真落实《邢台生态市建设规划》，大力组织推进生态县（市）建设，继续抓好绿色单位创建工作。今年的目标是创建1个国家级环境优美乡镇、3个国家级生态村，全市30%的乡镇完成环境保护规划编制工作；争取完成1家国家或省级环境友好企业申报，力争完成1家国家级和8家省级绿色单位创建任务。

强化六项措施

一是强化环境执法监管。环境执法是治理污染、保护环境的根本手段。要进一步强化环境执法工作，继续深入开展"打击违法排污行为，保障人民群众身体健康"环保专项行动。加强污染防治设施运行监管，对擅自停运设施、恶意排污的，给予高限处罚，并追究相关人员的责任。

二是强化政策机制创新。按照政府管理、企业（排污者）治理、公众监督三大环境责任主体定位，推进环境保护制度体系建设，创新体制机制。在邢台市子牙河流域继续推行跨县（市、区）断面目标考核并与财政挂钩的生态补偿机制。建立健全污染减排预警机制，对污染减排重点工程进展滞后、区域环境质量恶化，或者因高耗能、高污染行业（项目）快速增长，引起新增主要污染物排放量增长幅度较大的县（市、区）和"双三十"单位，实行污染减排预警。

三是强化建设项目环保审批和监管。完善环保审批制度，引导经济结构调整。依法减少或下放非行政许可类环保审批事项，简化审批程序，压缩审批时限，提高审批效率。同时，要严把准入门槛，加强产业转移过程建设项目环境管理工作，坚决防止"两高一资"项目以刺激经济发展为名乘虚而入。积极推进规划环评工作，建立健全规划环评与项目环评互推互促的硬性约束机制。切实加强环保"三同时"验收，开展建设项目试生产环保专项检查。

四是强化环境保护宣传。进一步加大环保宣传力度，借助舆论声势推进环保工作。要广泛开展群众性的宣传教育活动，重点加大生态建设、污染减排、环保法规等宣传教育，搞好"六·五"世界环境日大规模集中宣传活动，营造人人参与的浓厚氛围。

五是强化环保项目建设。要围绕利用国家促进经济发展出台的一些投资拉动政策，积极谋划一批争取中央、省资金的环保项目。各县（市、区）要把争取项目、落实资金作为年度目标考核的重要内容，研究政策、掌握信息，力争使项目做到"论证一批、储备一批、争取一批、实施一批"，积极做好各项专项资金的组织、申报和落实工作，提前准备好项目的各种申报材料和审批手续，确保争取上级环保专项资金有新突破。

六是强化作风和廉政建设。要以省委、省政府开展的"干部作风建设年"活动为契机，在全市环保系统大力开展干部作风整顿，突出抓好提高素质、完善制度、监督考核三项工作，切实增强服务意识，切实抓好党风廉政建设责任制，强化责任意识、明确职责分工、实行责任考核、严格责任追究。不断深化环境执法"四项基本功"训练活动，努力提高环保系统干部队伍的行政执法水平和公众服务水平。

（原载2009年6月3日《河北经济日报》）

图书在版编目（CIP）数据

见证非凡：河北省城镇面貌三年大变样媒体实录/河北省城镇面貌三年大变样工作领导小组，河北省新闻出版局编．—石家庄：河北人民出版社，2011.8
（河北走向新型城镇化的实践与探索丛书）
ISBN 978－7－202－05890－9

Ⅰ.①见… Ⅱ.①河…②河… Ⅲ.①新闻-作品集-中国-当代②城市建设-经验-河北省 Ⅳ.①I253②F299.272.2

中国版本图书馆 CIP 数据核字（2011）第 064669 号

丛 书 名	河北走向新型城镇化的实践与探索丛书
书 名	见证非凡
	——河北省城镇面貌三年大变样媒体实录
主 编	河北省城镇面貌三年大变样工作领导小组
	河北省新闻出版局
责任编辑	宋 佳
美术编辑	于艳红
责任校对	张三铁
出版发行	河北出版传媒集团公司 河北人民出版社
	（石家庄市友谊北大街330号）
印 刷	河北新华联合印刷有限公司
开 本	787 毫米×1092 毫米 1/16
印 张	12.25
字 数	173 000
版 次	2011 年 8 月第 1 版 2011 年 8 月第 1 次印刷
书 号	ISBN 978－7－202－05890－9/G・2000
定 价	60.00 元